Kadokawa Fantastic Novels

為什麼我
總是這樣
諸事不順呢。

CHARACTER NAME
露露

希望能被另眼相待！
畢竟我這麼可愛嘛♥
CHARACTER NAME
娜娜

明明什麼都不知道……！
CHARACTER NAME
艾莉姆

CONTENTS

VENOM

作者
城崎
插畫
のう
原作／監修
かいりきベア
VENOM
VENOM
求愛性少女症候群
2
Kadokawa Fantastic Novels

◆序章

假日。

因為覺得一直待在房間裡不太好，所以我來到客廳。

但依舊只是不斷盯著手機螢幕，跟待在房間裡沒什麼區別。

其實必須得做功課，但我遲遲提不起勁，就這樣到了下午。

算了，晚上再努力就好。

不然，明天一口氣做也能做完吧，畢竟明天也放假嘛……

這個週六就算悠閒點也沒關係吧。

況且現在父母也因為工作不在家，所以不會被叫去念書。

我一邊抱著這種想法，一邊瀏覽私密帳號的動態。

這個不斷冒出刺激話題的地方，無論看多久都不會膩。

不如說因為連廣大世界的奧祕都能一覽無遺，感覺自己也變得很厲害，就像其他人不知道的祕密只有自己知道，之類的優越感吧？

有股難以言喻的特別感。

……我之前曾經把這件事告訴娜娜跟艾莉姆，結果她們取笑我：『是妳的錯覺啦（吧）？』姑且不論娜娜，沒想到艾莉姆也會這麼說，導致我當時內心受到不小的打擊。

自從那件事之後，我再也不會產生自己很厲害的想法，令人有些難過。

就好像每次被娜娜與艾莉姆提醒自己一點都不厲害似的……

不不不，再怎麼說這也想太多了！

看著動態產生自己很厲害的想法或許是錯覺，但又還沒確定我厲不厲害……

雖然內心懷著這種糾葛，我依然不停地看著動態。

不過，眼睛似乎有點疲勞了。

休息一下可能比較好呢。

「呃、咦？」

我才剛從動態上移開視線，眼前忽然竄過一道人影。

要說速度有多快，簡直像在滑壘。

不，這是什麼狀況啊！

「怎、怎麼了……？」

這才發現讓我嚇一跳的，是剛開始跪坐在電視機前面的弟弟。

這讓我萌生「哦，不愧是運動社團……」的想法，但仔細一想他是籃球社的，根本一點關係都沒有嘛！

話說回來，咦？他今天沒有社團活動嗎？

我一直覺得他參加的是每週六日都會進行活動的熱血社團，看來似乎沒那回事。

「妳有在看電視嗎？沒有對吧？」

他無視陷入混亂的我詢問著。

比起詢問，應該說他早就決定了答案比較正確。

他的眼神好嚇人。

「是沒有啦。」

話說從他端正的姿勢來看，就算我在看電視，他應該也會強硬地轉台才對。

如果真的在看，我到底會變得怎麼樣呢……

「那麼我現在要看電視，如果不想看就回房間去吧……我可是先說好囉？之後別來抱怨喔？」

這麼說完後，弟弟就轉頭打開電視。

「你要看什麼？」

「吵死了。」

「說、說姊姊吵是什麼意思啊！」

明明只是隨口問問而已耶！

即使我開口抗議，弟弟也依然看都不看我一眼，只是自顧自地用遙控器轉到自己想看的頻道。

原本安靜的客廳頓時響起綜藝節目特有的歡樂音樂。

「啊，真令人懷念。」

聽見耳熟的音樂，令我忍不住開口。

「國中的時候很常看這個呢。」

是一檔由著名的搞笑藝人所主持，以參觀工廠等學習為主軸的問答節目。

我國中那個時候應該是平日下午播出的，播出時間似乎在不知不覺間變成假日的中午，難怪最近就算早點回家也沒看到。主持人也換成了現在當紅的年輕藝人組合，我也很喜歡以前那位以沉穩的聲音主持的藝人就是了。

果然，人必須跟上流行嗎？

「……」

「不過你是怎麼啦，這麼突然？」

『今天的特別來賓——是這位！』

就在這時，那位因為擔任熱門電影主角而成為話題的女演員出現在電視上。
這麼說來，弟弟他似乎講過自己有去電影院看那部作品，他大概很喜歡吧。
「你是想看這位女演員嗎？長得很可愛呢，我明白的……」
當我自顧自地作出結論時，地板突然「砰！」地發出聲響。
我的肩膀抖了一下。
是弟弟搥地板發出的聲音。
聲音大到讓人覺得手很痛的程度，接著他眼神銳利地看了過來。
好可怕。
「要是繼續囉嗦，我會跟妳收錢喔。」
「好……」
弟弟的眼神相當認真。
他就是這麼喜歡這個人吧。
熱心參與社團活動，也有喜歡的藝人。
他開朗的性格，在學校一定受到很多人仰慕才對，從這些事情來看，就算有人向他告白也不奇怪呢。
眼前這個過著我理想中校園生活的弟弟，讓我心裡有點忌妒。

……說老實話，是非常地忌妒。但我必須認為只有一點點才行。

因為待在家裡時，弟弟跟總是在逛社群網站殺時間的我不同，他一直都很努力。

就算參加社團活動晚回家，他似乎也會好好用功讀書。

明知如此還去忌妒他，這不太對吧。

……要是好好努力，我也能得到回報嗎？

我為什麼沒有這種想法呢？

『話說回來，聽說您最近罹患了求愛性少女症候群？』

這個時候，我因為聽到的詞彙吃了一驚。

沒想到竟然能在這裡聽見症候群的名稱。

發病的人究竟是誰呢？

難道說……

電視畫面上是弟弟中意的那位特別來賓女演員。

只見她有些害羞似的點了點頭，接著，隔了一會便詳細地開始說明。

『其實，從上個月開始發生這種現象，就是我會講出平時的自己不會講的話，實在是莫名其妙，有種「拜託饒了我吧」的感覺……』

咦？連那位女演員也得病了嗎？

雖然她的年紀看起來完全不像個少女……

發病原因果然與年齡無關嗎？

『確實，以前同台時，您看起來不像是會講出「拜託饒了我」這種話的人呢，這才是您的真面目嗎？』

『真面目……或許是這樣沒錯呢。不，真的是這樣嗎？最近我一直像這樣不斷迷失自我，已經搞不清楚了！』

聽見她光明正大的失控發言，四周微微地傳出了笑聲。

但這內容對我而言一點都不好笑。不過，最笑不出來的應該是那位女演員吧。為什麼那個人能笑著說明自己的症狀呢？

有什麼好笑的？

『您果然對這個症狀感到困擾嗎？』

『也沒有啦，這正好用來重新審視自己。而且，對於能夠增加上電視說話的機會也很有幫助。畢竟，我不太會講話嘛。』

『不，我一點都看不出來呢～！』

當藝人們開口吐槽，包含女演員在內的所有人都笑了出來。

我究竟是用什麼表情看著這幅光景的呢？

至少不會跟他們一樣露出笑容，因為一點都不好笑嘛。

不僅如此，甚至悔恨到快哭出來了。

為什麼我非得遇到這種事情才行呢？

痛苦得令人難以忍受。

正當我這麼想時，節目進入了廣告時間。

笑聲停止令我暫時鬆了口氣。

但要是繼續等下去，一會兒後，他們或許又會熱烈討論起相同的話題。

內心開始湧現令人厭惡的漆黑情感。

因為害怕壓抑不住這個念頭，我連忙逃進了自己的房間。

躺在床上，為了讓自己冷靜下來而深呼吸。

即使如此，漆黑的情感依然盤旋在我的腦海中，遲遲沒有散去。

那個人真的得了症候群嗎？

要是沒有得卻謊稱自己得病，實在莫名其妙到了噁心的程度。而把這件事拿來當笑話看的其他人也很可怕。

自從得到症候群後，我一直都很痛苦，不僅症狀讓我吃足了苦頭，因為這個緣故使我無法正常地與其他人接觸也很難受。

明明有人一直不斷地受苦，他們竟然把這件事當成笑柄……！

「這個世界真不公平啊……」

好不容易說出口的，卻是這種像在忌妒他人才能或外表的話，更加讓人討厭。

我所想的不是這個，而是關於作為人的某種東西。

但因為不清楚那是什麼，導致我暫時躺在床上發出低吟。

不時在床上滾來滾去。

在我這麼做的這段時間裡，怒火逐漸平息。

不過馬上又開始產生或許只是自己心胸狹窄的不安感。

那麼實際上，我只是忌妒她的才能或外表也說不定？

「不不不。」

因為覺得事情應該不是這樣，於是我打開社群網站，試圖尋找有沒有看了相同節目後與我抱持同樣想法的人。

當然，用的是私密帳號，因為這邊比較容易回覆。

畢竟要是用一般帳號，不小心回的內容可能會跑到別人的動態上。

那樣可就麻煩了。

於是我想調查一下，但在打開網站的瞬間，映入眼簾的名字讓我停止了動作。

琳達🐻……是娜娜的私密帳號，她發出了附有照片的貼文。

『真好吃♪』

「哇，看起來真的很好吃……！」

照片上的是香蕉可麗餅。

從可麗餅的包裝紙來看，應該是從最近蔚為話題的餐車買來的。

「真不錯耶……」

雖然想著總有一天要去吃吃看，但因為餐車停留的地點離我的活動範圍很遠，所以遲遲無法如願。

照片上的地點應該也離這附近很遠。

肯定是因為娜娜行動力十足才會跑到那裡去吧。

真好呢……

我一邊這麼想，一邊開始尋找娜娜發過的文章。

接著，我察覺到她最近發的文幾乎沒有出現暴露的照片。

而是像剛剛看到的一樣，大多是最近吃過的食物照片。

就算偶爾上傳自拍，好像也沒有出現之前那種光看就會讓人害羞的刺激照片了……？

為、為什麼……？

之前她甚至會把學校當作拍攝地點，拍一些非常刺激的照片耶。
明明就算是沒什麼人會去的屋頂，也可能會發生意外。
雖然當時真的嚇了一跳，但那也是讓我們組成共犯關係的契機……所以無法斷定是好是壞。
畢竟像那樣大家和樂融融地聚在一起，的確有點開心。
話說回來，她的心態究竟有了什麼轉變呢？
要是娜娜在這裡，就能透過表情變化看出些什麼，但因為完全看不穿她的想法，所以還是一無所知。
難道說，她跟喜歡的人進行得很順利？
所以才想刪掉帳號之類的？
不過她說過想刪掉不容易，或許只是暫時避免露出身體也說不定。
等過一陣子下定決心後就會刪掉，之類的。
這也不是不可能，畢竟娜娜長得很可愛，男生也無法對她視而不見吧。
「嗯～」
雖然想了這麼多，但感覺不是這樣。
一旦跟喜歡的人交往，娜娜一定會立刻刪除帳號吧。

她應該不會想留下自己拍出裸露照片給不特定多數人觀看的證據才對。

雖然無法確定，但我覺得應該是這樣。

那麼，實際上到底是怎麼回事呢？

……嗯……

不會想在社交網站上傳裸露照片的我，無法了解娜娜的想法。

「再怎麼想也無濟於事啊。」

想再多只是浪費時間吧。

況且無論她暴露與否，對我也沒有任何影響。

硬要說的話我不希望她遭遇危險，但如果是她一定懂得把握分寸，擔心這個或許只是白費力氣。

像這樣暫時說服自己冷靜下來之後，我對於自己持續端詳娜娜貼文上的照片感到無比的害羞。

畢、畢竟我沒有這種興趣嘛！

我像是想逃離娜娜的貼文似的大幅滑動動態。

接著，這回輪到艾莉姆的頭像映入我的眼簾。

她還是老樣子，長篇大論地說著對父母的抱怨。

不僅每篇文章都寫得很長，內容也透漏著大量的不滿……

『神明大人真是殘酷，老是把才能賜給妹妹。要是也讓我擁有一項才能就好了，為什麼不肯這麼做呢？』

她的其中一則發文自然地吸引了我的目光。

「我懂……」

這件事我深有同感。

我也常常想著與才能有關的事。

不像艾莉姆的父母，我的爸媽不會把我跟弟弟做比較，所以算比較好運。但我認為這樣很殘酷。該說連在家裡也被迫了解自己毫無優點的現實嗎？那樣的確非常令人討厭。

要是還與艾莉姆一樣被從頭到腳都拿來比較，的確會煩躁得不得了。

她會這麼長篇大論地抒發自己的不滿也很正常。

話說回來，艾莉姆不是成績好到會被張貼在公布欄上嗎？

我記得與艾莉姆和娜娜開始聊天後，那次考試結束時，我還特地跑去確認。當時我因為公布欄真的會張貼成績優秀學生的姓名，以及上面真的有她們兩人的名字而大吃一驚。

……就算這樣還是比不上妹妹，妹妹底有多優秀啊？

該不會是年紀比艾莉姆小，卻跳級成了大學生之類的吧？

那怎麼可能比得過啊。

雖然條件大概完全不同……但如果換作是我，當下早就放棄拿到優秀成績或其他所有努力了也說不定。

因為明知不敵還繼續挑戰，只會讓自己更加空虛而已。

就算如此卻仍然不斷努力挑戰著的艾莉姆，應該要得到許多稱讚才對吧……

畢竟能夠不斷努力，應該是一件很厲害的事。

明明是這樣，為什麼卻得不到認同呢？不僅如此，她似乎還一直被嚴格要求。

雖然不敢講得太大聲，但真是悲哀啊……

「唉……」

想到這裡，我開始覺得沒有優點的人只有自己。

這股空虛感使我嘆了口氣。

藉由「共犯關係」與她們交流時，我並沒有感覺到那樣的隔閡。但事到如今，我卻產生了自己是否與她們有距離感的想法。

或許就是因為這樣，我的症候群才跟她們不同，至今仍無法解決。

這種想法令我十分痛苦。

不過，這也能讓我放棄掙扎看開這件事。

我只能用自己的方式努力下去。
並相信總有一天能夠解決。
「不對……」
搞不好覺得有隔閡的人，從頭到尾只有我自己。
無論是排球社那時候，還是共犯關係，或許只是我擅自這麼想罷了，其實沒有任何人有這種想法也說不定。
……如果是這樣，我該怎麼辦呢？
既然沒辦法確認，那再怎麼想也於事無補。
比起擅自有所期待後才知道其實有隔閡，不如一開始就抱著距離感生活還比較輕鬆。
自從盯著球緩緩落下的那天起，我就一直抱著這種想法活著，也能說我變得只會用這種方式思考……
「好刺眼！」
時間在我想著這些事情的時候悄悄流逝，夕陽光從窗外照了進來。想必媽媽馬上就會回家，並且煩人地追問我作業做完了沒吧。
啊……這麼說來，印象中田中同學說過這次出了很麻煩的作業，既然連田中同學都會嫌麻煩，那麼我肯定束手無策吧。

因此我從一開始就提不起勁。

就算作業遲遲無法完成，週一仍舊會到來。

屆時就必須去學校交作業。

要是交不出來就會被罵……

……不行，感覺心情變差了。

或許是因為一直在想討厭的事情，總覺得頭也痛了起來。

我不再繼續瀏覽動態，並將手機放在旁邊。

「為什麼我總是這樣諸事不順呢。」

而能夠回答這個問題的人，並不存在。

啊，等一下！

不覺得這個角度超讚的嗎？

這樣只能自拍，把這個奇蹟給保存下來了吧！

這次瀏海就是抓得這麼漂亮，或許是近來完成度最高的也說不定。有種自然散發光芒的感覺，雖然那肯定是我的錯覺，但就是這麼令人高興。

要是每天都能像這樣，我會更開心呢～畢竟那樣一來就不會再發生抓不好瀏海而遲到的蠢事了。這種就算家離學校很近卻還是會遲到的狀況，實在讓人笑不出來。

可是可是，處理不好時，不管怎麼做就是拿它沒辦法呢……

我一邊這麼想，一邊拿起手機相機對準自己。嗯，大概是這種感覺吧。

啪嚓。

雖然稍微煩惱過姿勢該怎麼辦，不過反正只有我看得到，於是決定隨便擺。

就算姿勢很隨便，拍成照片還是更加好看，令人著迷。

這一切都是因為我的臉原本就很漂亮。
真的得好好感謝生下我的爸媽才行呢。
以後偶爾回顧這張照片，當作調整瀏海的參考吧。
不過，明明昨天什麼都沒做，沒想到會變得這麼漂亮耶。
平時的保養方式，或許其實不適合我的髮質……？
因為這次的方法非常有效，讓我嚇了一大跳。
必須去找新的保養方式才行。
雖然很麻煩，但也不能不做。
畢竟身為讀者模特兒，接到久違的模特兒工作的日子正一天天逼近嘛。
……想到這裡，我忍不住露出了笑容。
這一定是因為接到讀者模特兒的工作很開心的緣故。
還是別嫌麻煩，回家之後好好調查一下吧。
我將手機收進書包，用放在玄關的小型鏡子再次進行最後確認。
很好！今天的我也是最可愛的！
「我出門囉！」
我聽著身後「路上小心」的聲音走出玄關。

這個時期的氣候和煦又溫暖，所以我很喜歡。
因為能當作自拍的一項主題，所以我很喜歡四季變化……但考慮到生活的舒適性，會讓人覺得要是一整年都是這種氣候就好了。
另外要是能夠不下雨更讓人開心，畢竟下雨會讓頭髮捲起來，實在糟透了。
算了，還是別管這種絕對不可能實現的事了。
雖然趁勢跑了出來，但現在距離到校還有很多時間。
不勉強自己並悠閒地走去學校吧。
因為光是走路很無聊，我最近都邊聽著喜歡的歌曲邊走向學校。
今天聽的是現在最中意的樂團的新歌，因為實在帥得不了，讓人不自覺地一直重複播放，這到底是第幾十次了呢？
「……啊。」
當播到第四遍的一半左右時，我在樓梯口前發現了老是一起聊天的女孩們，而且還是同班同學，打聲招呼應該比較好吧。畢竟要是讓她們覺得被我無視的話會很麻煩。
我有點遺憾地拿下耳機，主動上前搭話。
「早安～！」
先下手為強！

可別小看從被人敬而遠之的狀態重振旗鼓的我啊！

「啊，小娜，早安。」

「早安，一大早就很有精神呢～遇到了什麼好事嗎？」

「沒錯！問得真好！」

「咦，原來真的有啊。」

「嗯，其實呢，今天我家瀏海是個超級無敵乖寶寶呢。怎麼樣？看得出來嗎？」

「嗯……？」

「首先，沒人聽得懂超級無敵乖寶寶是什麼意思啦。」

啊，不小心編了個詞彙，那當然會聽不懂嘛！欸嘿☆

「就是指瀏海完成得很漂亮的意思啦！」

「……嗯，抱歉，我看不出來，妳呢？」

「我連瀏海完成得很漂亮是什麼意思都不知道啊。」

「咦～！為什麼啦～」

我假裝非常遺憾地這麼說完，她們兩個便一臉不好意思地露出笑容。

面對說出「看不出來」、「不知道」的人，還能讓她們露出笑容，我肯定很厲害！

我心中懷著類似這樣的優越感，並與她們一起朝教室走去。

她們好像在聊小考之類的話題，於是我巧妙地加了進去。

考試會出什麼題目等等，我聽著她們兩人的對話。話說有考試啊，不過，我的話沒問題的。

我一邊隨口附和，內心一邊對她們不了解我瀏海完成度有多高的事感到非常遺憾，畢竟能抓得這麼漂亮的情況並不多嘛。

而且離開家也沒過多久，她們應該有看到令我讚不絕口的漂亮瀏海才對，反應小也該有個限度……

不過，我還是用「人就是這樣嘛」的想法做出了結論，人們其實意外地不會仔細觀察其他人。

那些人之中當然也包含我在內。說老實話，就算別人對我提關於瀏海的事，我自己大概也看不出來。

畢竟能夠察覺出他人的細微改變，感覺很像個變態嘛。

「早安～！」

我走進教室向同學們打招呼，聽見這句話的人大多都做出了回應。

想起剛開始這麼做的時候幾乎沒人搭理我，就會有種自己真的融入了班級的感覺而感到開心。

「小娜！等妳好久了！」

我才剛走到座位上，就有個人興奮不已地衝了過來。

是個最近經常聊在一起，擁有不分真假、各式各樣情報的女孩。

會說不分真假，是因為最近我發現她講的大多是假情報。

就算萬一是真的，她也只會講出：「這種事只要仔細觀察那個人不就知道了！」這種感覺的話。

所以，最近我開始產生或許該去找其他人當作情報來源的想法。

「早安～大清早的怎麼了？」

雖然心中有這種想法，卻還是期待她會不會帶來與學長有關的情報，若是這樣我大概會很開心。最近完全沒有得到那方面的情報，也許增加了許多我不知道的事。

……不對，因為她老是要我教她念書當作提供情報的回報，今天可能也只是有作業要我教她。

如果是這樣，那就只是單方面被要求，一點都不值得開心。

不如說希望她能修正這種用假情報來向人求教的傲慢態度。

要是她願意改就好了。

「昨天出的作業，這個地方我怎麼想都搞不懂耶……」

「啊，是這樣啊～」

我小心別讓聲音太過低沉地做出回應。

「如果小娜不介意，可以教教我嗎……？」

她微微皺起眉頭並刻意偏著頭提問。

與期待中相反，她一如所料地只是來找我討救兵。

我雖然在心裡嘖了一聲，但還是繼續維持著表情不讓她發現。

「好好好，我稍微準備一下，妳先回座位上等我吧。」

聽我這麼說，她的表情瞬間明亮了起來。

「嗯，知道了，拜託妳囉！」

「好啦～」

我一邊將書包的內容物配合今天的課程表放進抽屜，一邊說服自己「這樣就好」。

雖然教她很麻煩，但要是拒絕的話又會被當成婊子遭到排擠。

那樣可就麻煩了。

如果只想一個人隨興生活倒無所謂，但是打算讓學長喜歡上自己的我，已經不能那麼做了。

因為我已經決定，要對學長積極展現自己了！

為了這個目的，首先必須表現出自己很善解人意，於是我改變了行事風格。

就是因為這樣，我才開始跟一般人一樣認真地與班上的同學交流。

起初就算只是打個招呼也會被嚴重地戒備，使我無數次冒出這個想法：「沒人會這樣對待可愛的女孩子吧？」而差點哭出來，也不知道吞下了多少淚水。

即使如此，我依然不動聲色地每天帶著笑容打招呼。

再加上主動攬下班上麻煩的工作等等，不斷努力的結果，我成功扮演了一名模範女高中生。

雖然偶爾還是會出現趁勢叫我婊子的人，但我已經能夠笑著回應了。

現在應該沒什麼人把這個稱呼當一回事了吧。

如果是真的就好了——也包含這句我個人的願望就是了。

雖然並非全部都是在說謊，但待人和藹可親的我毫無疑問是裝出來的。即使如此，卻能在這麼短的時間內被大家相信，讓我最近開始有了「或許能夠成為知名演員也說不定」的想法。

哎呀～照這樣下去，說不定能拿下明年所有比賽的冠軍耶？

搞不好會從讀者模特兒一口氣連跳好幾級，小娜即將成為風雲人物？

「久等了～」

「我等好久囉！那個啊，這裡為什麼會變成那樣啊？就算看了說明也完全搞不懂耶。」

「哦，這個啊。雖然乍看之下感覺很難，但只要掌握要訣其實很簡單就能弄懂喔。」

……開玩笑的。

畢竟我很清楚喔？能夠成為風雲人物的人，怎麼可能一個個在意其他人的臉色嘛。

只要不被人說閒話，要想什麼應該都是我的自由。

○

終於到了拍攝讀者模特兒特輯的日子！

雖然前一天因為心裡充滿擔心與期待而害怕自己睡不著，不過我平時就養成了在午夜前就寢的習慣，因此很自然地進入了夢鄉。

平時養成的習慣果然能在這種時候派上用場呢～

「好久不見！今天麻煩妳囉！」

「請多指教！」

打完招呼後，我換上準備好的衣服開始拍攝。

並久違地沐浴在大量閃光燈中。

就是這個！

我在心裡大聲歡呼！

「感覺很不錯喔！可以擺其他姿勢嗎？」

「好的！」

我最終的目標是被刊登在雜誌封面被大家稱讚，所以不能這樣就感到滿足。

雖然很清楚這點，但心裡依然湧現出滿足於現狀的興奮感！

被人拍照遠比以前愉快多了！

腦中會自然地浮現「擺出這種姿勢可以吧？」的想法。

或許是受到與男生嬉鬧時會抬頭仰望跟假裝害羞的影響，我也變得能做出許多表情。

我的實力增加了很多嘛！

從我離開鏡頭的時間來看，就算因為太久沒拍導致擺不出姿勢也不奇怪，但是，感覺就像昨天也做過跟現在相同的事一樣。

我的動作就是這麼自然。

果然我是個天才吧？

實際上，我就是為了成為模特兒而出生的也說不定。

腦內分泌的多巴胺多到讓我產生這種想法。

不妙，有夠開心的！

我發自內心地覺得浮現在瞳孔的心型圖案消失真是太好了。

要是沒有消失，也不可能享受到這種快感吧。

無法趁著花樣年華的女高中生時期被刊登在雜誌封面上，光想像就覺得可怕。

我已經受夠症候群了。

「哎呀，真厲害呢！原本因為妳很久沒拍有些擔心，但該說正因為如此嗎？拍得比我想像中還要更好呢！」

拍攝結束後，攝影師這麼對我說著。

「是這樣嗎？非常感謝您！」

這應該不是場面話，而是真心話吧。

在我看來，對方感覺不像在說謊。

應該說，他看起來似乎很興奮。

該不會是迷上我了吧？哎呀～真令人困擾呢！

我很清楚這次就是拍得這麼好。不過，我才不想管這種事呢。

這是因為我只想憑自己的實力發光發熱！

然後獲得關注！

得到更多的稱讚！

但這個願望，卻很輕易地實現了。

沒想到居然會收到我的照片將被刊載在雜誌封面的通知！

『是真的嗎！實在非常感謝您！』

我忍不住多看了幾眼，導致很久之後才回信，這件事就是這麼令人高興。

因為實在高興過頭，我甚至截圖好幾次。

不管重看幾次，每張截圖的內容都一樣，所以應該不是假的。

「啊～不得了！」

好開心！

超開心的！

從現在開始就好期待雜誌發售那天！

這次究竟會得到怎樣的反應呢？

「啊，不過……」

就算不是泳裝，也會得到迴響嗎？

畢竟有可能因為上次穿泳裝，才能吸引平時不看的人，藉此得到評價也說不定……

實際上使用私帳時，只對這種內容有反應的人也很多。
雖然這樣也很高興，可是，還是會覺得不安……
不會的！
如果是我，一定能得到很多好評才對。
因為連求愛性少女症候群那種莫名其妙的病症都被我克服了嘛！
一定沒問題的！

○

於是，終於到了引頸期盼的發售日。
當然，這天是平日。
就算被刊登在雜誌上，我也不可能用來跟學校請假。
而且被說了「差不多該請妳家長來一趟了」這種類似威脅的話語還記憶猶新……
說實話，雖然很想立刻去書店買下刊載我照片的雜誌，但是上學途中能去的書店都很遠。
沒辦法，書店只能放學後再去了。

因為期待自搜後會截圖截個不停，還是回家後再慢慢做吧，畢竟大家也是回去之後才會看嘛。

我一邊這麼想，一邊隱藏著興奮的心情來到學校。

「啊～！小娜妳終於來了！」

「早安！等妳好久了小娜！」

「早安～！呃，妳們一大早就很興奮耶，怎麼了？」

才剛走進教室，我就被一群感覺很興奮的女孩們叫住。

原以為又是作業哪邊不懂要向我求救，但今天她們給人的感覺不太一樣，看上去沒有要交的作業還沒做完的焦慮感。

啊，攤開放在桌上的不是課本也不是參考書。

而是給女高中生看的流行雜誌。

原來如此，這些孩子今天早上似乎很悠閒。

這麼優秀真是太好了，畢竟每天都被人拜託很累嘛。

嗯？既然如此，她們為什麼要等我呢？

咦，哎呀？

「那個是今天發售的……？」

那很明顯是我擔任讀者模特兒的雜誌。
而且還是今天發售，封面是我的那本……
「沒錯！」
「這個！該不會是小娜妳吧！」
其中一個女孩子拿起雜誌向我搭話。
雜誌封面刊登著我之前拍的照片。
「哇……！」
雖然知道自己會被登在封面上，但像這樣直接看見還是讓我吃了一驚。
我超上鏡的耶！像這樣仔細端詳才知道有多厲害。
「對對對！這個是我！」
「我就知道～！」
「猜對了！太好了～」
「妳們怎麼看得出來？」
「不，當然看得出來啊，對吧？」
「嗯嗯！那當然囉！」
看著這些女孩非常開心的模樣，連我也變得高興了起來。

是說，沒想到也會有人當面做出反應。

因為只關心社群網站上的迴響，像這樣直接得到回饋更讓我心跳加速。

「真的假的～！有點高興耶。」

但是，有件事讓我很在意。

「不過這本雜誌明明今天才發售，真虧妳這時候就買到了耶？」

「我家附近就有書店，我平時都會在上學前去那裡買這本雜誌。」

「原來～」

看來她是個忠實讀者。

「然後到學校跟大家一起看，沒想到今天的封面竟然是同學！嚇了我一大跳呢！」

「不覺得拍得很棒嗎？姿勢也超讚的！」

「服裝也很適合，超可愛的！」

「喔、喔……誇過頭了吧？」

因為聽了太多想聽的話，導致我開始畏畏縮縮。

就算得到相同的文字稱讚，我也只會用說著「謝謝～」的感覺回應，但被人當面稱讚時，不僅是語氣跟表情，還會受到情緒影響，實在很驚人。

不，老實說她們熱情到有點讓人受不了……雖然很高興啦。

「不用那麼謙虛啦！」
「說得沒錯，這很厲害耶！」
「謝、謝謝。」
呃……這些孩子應該不是我腦中擅自產生的幻覺吧？
為了確認，我悄悄地捏了一下自己的手掌，感覺有點痛。
看來，的確是現實。
我在自搜之前，就已經被人好好稱讚了一番。
……話說回來，在社群網站上找得到像這樣讚美我的人嗎？
不，恐怕找不到吧。
明知如此，從一開始就得到這麼多讚美真的好嗎？
這讓我變得有些不安。
不過，我只要能被很多人稱讚就夠了。
因為我不是想被人拚命用話語吹捧。
就算只是一句「好可愛！」也足以讓我開心地感到興奮。
……不對，才沒那回事！
我果然還是想被人稱讚優點，或是用「只能是這孩子！」之類的方式被另眼相待。

畢竟我這麼可愛嘛！

就算受到吹捧，也一點都不奇怪才對！

更何況現在是個社群網站的評價會跟未來有所關聯的時代。

這才不算是被誇過頭，就算希望其他人跟這些孩子一樣稱讚我，也沒什麼好奇怪的。

「小娜？妳怎麼了？」

我因為名字被叫到而回過神來，看來一個人的腦內會議有點開過頭了。

「抱歉，發呆了一下。」

「啊哈哈，是太開心了嗎？」

「啊、嗯，差不多吧。」

因為有點害羞，我搪塞了過去。

在那之後，我們稍微聊了出現在其他特輯上的服裝話題。

像是想買哪件衣服，或是這可能不適合之類的……這種感覺。

不過早上的自由時間很短，很快就到了班會。

就算班會期間班導交代著今天與每週事項，我滿腦中只有自己受到稱讚的事實。

姑且不論她們的熱情，開心的事就是很開心。

所以我今天整天的心情都很好。

就算被誰說了莫名其妙的話、被要求幫忙打掃或是久違地被人用婊子這稱呼來中傷也能接受。

……再怎麼說，我也不可能光是被三個人稱讚就變成這種聖人。

因為最後那個不太開心，我便隨口說出了感覺是對方弱點的傳言，但是從她不安的模樣來看，那或許是真的。

看來那孩子給的情報偶爾也能派上用場。不過我想知道的不是這方面的事，而是能更加親近學長的事情耶……！

如此這般，漫長的一天結束了。

總覺得接收到的情報比平時更多，有點累人。

即使如此，回家途中我也沒忘了買雜誌。

因為出現了跟我買一樣雜誌的人，害我心跳加速緊張得不得了。

湊巧也該有個限度，這是神明大人的惡作劇嗎？

回家後，我很快地吃完早就準備好的晚餐回到房間。

並拿起手機開始自搜。

不愧是表面上匿名的社群網站，有幾個人發表了負面的意見。

……與其說是幾個人，總覺得實際上只有一個。

難不成我被人盯上了？

因為在意而仔細調查，發現這些文章都是來自和我一樣當讀者模特兒的女孩的私帳。

「不妙……」

我忍住想回覆「忌妒辛苦囉」的心情，沒有做出任何回應。

這裡應該避免招人怨恨，因為要是惹上麻煩，搞不好會變得接不到企畫，那樣我會很困擾。

說到底，都是因為我可愛到會被人忌妒的錯。

不過，還是有可能被做什麼事……像被堵在更衣室之類的？畢竟就算只是小事，在意的人還是會在意嘛。

即使是小事，還是應該避免跟人起爭執這種麻煩事才行。

那麼，該怎麼應付才好呢？

再次成為讀者模特兒後，連思考這種事情也覺得很開心，真是不可思議。

○

除了重新當上讀者模特兒之外，最近還發生了一個重大的變化。

就是男生開始積極地邀我出去玩。

因為他們一直以來都只敢在遠處用有些下流的眼神看著我，所以這讓我有點意外。

該說真有勇氣敢來跟我搭話嗎？

果然看起來像個乖寶寶，比較容易讓人接近也說不定。

不過光是改變外表就能讓態度有所改變，該說人類真是好懂，還是單純呢……

雖然這樣對我來說很方便，但也有種難以形容的不適感。

話雖如此，能跟不掩飾對我有好感的人一起度過，對我而言也很有好處。

因為只要大概知道男生的行為模式，不僅能用來做為跟學長交流的對策，嘗試做出能讓對方有所反應的舉動或表情，或許也能對模特兒的工作有幫助。

所以，我大多情況下都會答應。

畢竟依照情況不同，不僅會被請客，要是天色暗了還會被護送回家，好處很多。

更何況，讓人覺得可愛果然很高興。

偶爾也會有人用下流的視線看著我，但大部分的人都很純情，對此我很開心。

由於不知道他們真正的想法，大概只有我單方面這麼想也說不定。

當然我喜歡的人只有學長，跟他們只是玩玩而已！

對方能跟可愛的女孩子待在一起，我也能藉此滿足自尊心。

雖然會拿到類似約會附屬品的額外好處，但基本上算是雙贏的關係，應該不算壞事。
當我想著這種事的期間，不知不覺就到了放學後。
「久等了～」
「謝謝妳！這個很好喝喔，快點喝吧～！」
「嗯、嗯。」
另外今天也有同年級的男生邀我出去玩，我答應了對方。
於是放學後我與他一同來到使用了新鮮水果的飲料店，這裡是一間雖然還沒有成為話題，但因為在社群網站很有口碑而開始出現排隊人潮的店。不久之後，這裡肯定會大排長龍吧，那樣很讓人困擾，所以才趁現在來一趟。
「嗯～！果然很好喝！」
我喜歡這種嘴裡能清楚喝到各種水果的感覺。
「真的很好喝呢。」
不過最重要的是，他不僅情緒比平時更加低落，總覺得還有點扭扭捏捏的，到底是為什麼呢？
「發生了什麼事嗎？」
「啊……那個啊。」

去。

「嗯。」

雖然他欲言又止加上扭扭捏捏的態度讓我有點不高興，但我仍慢慢地等著他繼續說下去。

他或許只是害羞不敢稱讚我也說不定。

沒錯沒錯。明明都出來玩到了現在，這個人卻幾乎都沒說過我可愛，肯定是因為他很靦腆的緣故。

如果不是這樣，跟我在一起卻沒稱讚我可愛實在不正常。畢竟就是覺得我可愛，他才會邀請我出來玩嘛，所以只是因為他害羞而已。之前應該也發生過類似的情況……咦？是這個人嗎？搞不好是其他人，記憶有點模糊呢。

因為我就是跟這麼多人一起出門過，會這樣也沒辦法。

話說回來，再怎麼說他也沉默太久了吧？

差不多該講點什麼了？

「……是這麼難說出口的事嗎？」

雖然講的話很乖乖牌，我試著不經意地觸碰他的身體。

都做到這種程度了，應該至少會說句喜歡吧？

「那個啊。」

「嗯。」
這時對方終於開了口：
「那個心型符號是怎麼回事？是有色隱形眼鏡嗎？」
這句話或許讓我瞬間露出了厭惡的表情。
明明我盡量不在別人面前擺出這種表情的。
不過，會有這種表情也沒辦法。
因為會出現心型符號，代表那個症候群又復發了嘛……
為什麼這麼不湊巧，剛好是在我跟人待在一起的時候復發啊！
要是在家裡復發會好很多。
可是，這樣就能解釋他到剛剛為止的態度是怎麼回事，也知道了今天看我的人比以往更多的感覺並不是錯覺。
女孩子也在關注我，大概是因為吃驚或反感吧。
我設法讓臉上保持笑容，並思索著該怎麼辦才好。
總而言之，要一個一個跟他解釋很麻煩……也無法保證他不會到處去講，真的非常麻煩。首先，他一定會把跟我約會的事拿去跟朋友吹噓，就算要他保密，大概也沒有任何意義吧。

反正，我也不打算對這種連名字都記不住的傢伙從頭解釋。

「比起這個啊，我有件事想稍微請你幫個忙。」

因為實在沒辦法，我決定強硬地轉移話題。

接著像要緊貼肌膚似的挽住對方的手，他嚇得大叫。

同時身體大大往後一仰，差點把果汁撒了出來。

我一邊想著要是灑到我身上該怎麼辦，一邊勉強撐住杯子。

「真是的～！這樣很危險耶！」

「因、因、因為妳突然靠過來啊。」

「咦？你不喜歡嗎？」

我刻意裝作很失望的樣子。

放開他的手並保持距離。

於是對方戰戰兢兢地來回看著我的表情跟手腕。

雖然他看起來有話想說，但或許說出來很害羞，整張臉紅通通的。

「不願意的話我很難過……不過今天喝到果汁已經很滿足了，我先回去囉？」

我邊說邊站了起來。

「等、等一下！」

我聽到呼喚後回過頭去。
他一副下定決心般的表情開口道：
「我、我不討厭，不如說很開心……」
「咦～？真的嗎～？」
「是、是真的啦！」
「那就好！」
我面帶笑容坐回了他的身旁，能聽見他細細地說了聲：「太好了。」
是有多拚命啊，我稍微笑了出來。
像這種反應既新鮮又有趣，所以我可以說幾乎每次都會這麼做。
不過，反應這麼大的人少之又少，稍微有點感動。
「然、然後呢，妳想要我幫什麼忙？果然發生了什麼事嗎？」
他一臉擔心地看了過來。
這時我突然看見他眼中的自己，眼裡的心型符號已經消失了。
咦，為什麼？
這次的症狀這麼快就消失了嗎？
雖然不完全這麼覺得，但是現在已經恢復的事比較重要。

我心裡鬆了口氣，再次挽住他的手臂。

「我還有間店想去，可以嗎？」

發出撒嬌般的聲音、目光上仰、肌膚緊貼。

要是做到這種地步還能拒絕的話，那個人大概是修行僧之類的吧。

「我、我知道了，喝完後就走吧。」

「嗯♪」

而他只是個普通的男高中生，應該會暫時任我擺布才對。

○

時間來到下個假日，依然有男生邀請我出去玩。

這次的對象有點麻煩。

沒錯，來自男生的出門邀請，不一定都是好事。

我當然希望都遇到好事，但現實沒有這麼容易。

「啊，心型符號又出現囉。」

眼前的傢伙雖然乍看之下很軟弱，但完全沒那回事。

「咦？」

「要拍囉～」

下個瞬間，閃光燈對著我亮起。

伴隨著按下快門的巨大啪嚓聲。

是這傢伙用手機拍我的聲音。

因為早就料到會這樣，要是想躲我應該早就躲開了。

但總覺得這麼做事情也會很麻煩而作罷，話雖如此，被人單方面拍照也很讓人不爽，

尤其是拍得一點也不好看的話更是如此。

「妳看。」

他將手機畫面轉過來，上面是瞳孔出現心型符號的我。

嗚哇，拍得爛透了。

畫面模糊不清，連心型符號也得注意看才分辨得出來。

「……！」

因為拍得太爛，我忍不住差點發出聲音，還好沒出聲……

不過，我實在無法接受這種東西留在世上。

而且還是在這種人手上，這是什麼拷問嗎？

「真的耶……謝謝你告訴我。」

雖然腦中講得很不客氣，但實際上不可能說出這種話。

唉，想嘆氣也嘆不出來。

「不客氣。」

眼前他那一臉滿足的表情，讓我覺得非常不高興。

要是有人能保證我不被法律追究，我應該會全力踹過去吧。

包含一直累積下來的事，我現在非常不爽。

「……我已經確認完了，可以請你刪掉嗎？」

真想找人稱讚明明這麼不高興，還能冷靜應對的我。

「像這種事情，還是留下紀錄比較好啦。」

「我回去之後會自己做的。」

「每次回去的時候都會消失，得趁現在拍起來才行。」

他這種完全不肯退讓的態度，反倒讓人覺得好笑。不，我完全笑不出來就是了。

「是、是嗎……這麼說也是呢……」

接下來不管說什麼，他大概都聽不進去吧。

未經本人同意就做這種事簡直豈有此理！

而這傢伙似乎因為能幫上我的忙而感到高興。

就算我說了好幾次不喜歡，他也只當作是在開玩笑。

是誰允許他拍我的啊？

難不成是聽見了什麼聲音嗎？

要是這樣的話實在太糟了，希望能請相應的單位來好好解決。

他不是我應付得來的人。

「我妹她也得了這個病，我們都會像這樣觀察情況，因為這個緣故，最近她已經好了很多。」

「是這樣啊。」

這件事我也聽好幾次了。

但是我既不知道他妹妹的症狀，也沒見過對方，所以並不清楚是不是真的有好轉。到了這個地步，甚至讓人懷疑他是否真的有妹妹。

「嗯，所以我希望最喜歡的小娜也能夠好起來。」

「謝謝你。」

這到底是關於哪方面的道謝，我自己也搞不清楚。

「要是能好轉就好了。」

這一定是真心話。他總是會這麼說，看起來也不像一直在說謊。

但是為了改善情況，有種差不多該跟這個人斷絕往來比較好的感覺。

畢竟不能再繼續讓事情變得麻煩下去了。

「然後啊，小娜妳什麼時候才會不跟我以外的男生出去玩啊？」

既然這麼決定，就先回家吧。

正當我這麼想的時候，他講出了不得了的話。

咦？幹嘛？什麼意思？

因為腦袋一時轉不過來，害我暫時愣住了。

我明白「不跟我以外的男生出去玩」的意思。

就是暗示希望對方不要跟自己以外的異性出去玩的意思吧。

是交往中的高中情侶經常會說的話。

但是眼前這個人卻對我這麼說。

實在莫名其妙。

因為我們只是單純的玩伴而已。

如果要說這種話……必須是在這之上的交往關係才行。

難道說這個人……？不，怎麼可能……

「喂～沒事吧？」
眼前的他一邊這麼說一邊朝我揮手，使我終於回過神來。
……雖然很不想面對，但繼續沉默下去也不太好吧。
「呃……這是什麼意思？」
聽我這麼說，他惹人厭地揚起嘴角。
「還會有什麼意思，就是字面上的意思啊。」
「如果是這樣，就更奇怪了。因為我們只是普通朋友不是嗎？」
「我不這麼認為喔。」
他一副感到機不可失的模樣，強硬地握住我的手。
手上還沾著不少汗水。
不妙，噁心到讓人受不了耶……
「如果是這樣，我才不會這麼認真地替妳著想。」
你眼裡映照出的我明明表現得這麼討厭，為什麼你還能一無所知的講出「著想」這種話啊？
真是蠢到家了。
「明明我對小娜這麼死心塌地，為什麼妳不肯回應我呢？」

嗚哇，嗚哇嗚哇嗚哇，嗚哇。

被最麻煩的傢伙給纏上了。

怎麼辦，得快點想辦法才行。

再這樣下去，總覺得事情鐵定會變得很糟糕……！

我的腦中充滿了困擾。

○

在那之後是怎麼回家的，我已經記不太清楚了。

居然能逃離那傢伙的魔掌，連我都很佩服自己。

太厲害了，真是努力，了不起。

回家之後我拚命地洗手。

不知不覺洗了太久，手變得紅通通的令人困擾。

因為無論碰到什麼都會痛，讓我覺得「搞不好這就是露露的症狀……？」甚至有些感動。不對，我很清楚露露碰到無機物不會感到疼痛，只是感覺很像嘛……

那個男生就是讓我這麼進退兩難，到了必須像這樣逃避現實的程度。

他不僅完全把我視為戀愛對象，看起來還可能已經把我當成女朋友了。

為什麼會產生這種想法啊？

我們甚至沒有跟對方告白過耶？

如果在歐美國家不告白似乎很普通……但可惜這裡是日本，要是不經過確認關係的告白會很奇怪。

應該說告白才是重點吧？

畢竟從狀況與時機等告白相關的事情來看，也能更加了解對方。

……雖然不清楚其他人的想法，但至少我是這麼想的。

所以說那個連告白都沒做的傢伙才不會在我的考慮範圍內。

如果可以，我想立刻跟那個男生斷絕往來。

「唉……」

雖然刻意挑選不會演變成這種關係的人玩在一起，看來似乎不太順利。這也能說是沒有看人眼光的我自作自受……但就算這樣也太過分了！

最差勁的人對我抱有好感。

為什麼會變成這樣呢？

明明我一心一意地思念著學長……

……嗯。

關於這件事，或許有人有異議也說不定。

那是因為從旁人的眼光來看，我一定很輕浮。就算我沒有做出那方面的行為，還是跟許多男生玩在一起。

搞不好會說謠言是真的也說不定。

不過，我要主張自己是專情的。

因為現在會跟男生出去玩，全都是為了跟學長交往後的約會所做的練習。

沒錯，是練習。

運動或文學社團，也都會經由練習鍛鍊技巧。

甚至連念書也能說是為了考試進行的練習。

跟那些沒什麼兩樣。

所以就算跟很多男生出去玩，我的心意也沒有絲毫改變。

相反地，還能不斷累積「如果換成學長，像這種時候一定也能做出很棒的回應吧」之類的期待。

沒錯，自從那件事情後，我喜歡的人只有學長一個。

這件事今後也不會改變。

……啊，嗯，我知道。

我要是這麼主張，接下來就會出現這種疑問吧——

「又還沒開始交往，為什麼就開始考慮交往後的事了？虛張聲勢不難受？不會辛苦嗎？」

我不是不了解這種想法，如果這麼主張的是普通的女孩，就算是我也會這麼忠告並要她腳踏實地一點。

但是這種忠告，對我而言只是單純的多管閒事！

畢竟事情就是這樣嘛！

我可是這麼可愛耶！

告白失敗反而很奇怪耶？

不如說對方向我告白也不奇怪吧……？

……說真的，為什麼沒被告白呢？

雖然個人的喜好有所不同，但我認為自己的外表應該受眾很廣才對。

因為可愛是千真萬確的。

身材應該也不會比其他人差，不如說我有自信遠比平均值更好。

就算這樣我仍然不敢大意地每天保養，應該有讓自己繼續保持無論何時都是可愛的存在才對。

而且連不擅長的待人處事，我也在努力設法改善。

既然如此，會擔心交往後的事也很正常，畢竟也不是沒有拉近距離後才幻滅的情況。

不如說因為每天都這麼努力，鬆懈下來時才有可能會搞砸。

……就算覺得學長不會因為這種事反感，我還是覺得很害怕，所以才會為了盡量不犯錯而事事小心。

明明都這麼努力了，沒想到還會遇到把玩鬧當真的男生。

為什麼我要遇到這種事啊。

就算是我也會受傷耶。

至今發生的事我實在無法獨自承受。

話雖如此，也不能隨便找人聊這方面的事……

「啊。」

就在這時，我想到了兩個人。

同時察覺自己嘴角露出了笑容。

如果是她們兩個，就算講出來也沒問題吧，不如說是最適合的對象。

想到這裡，我立刻開始輸入訊息。

『明天放學後，希望妳們能來屋頂一趟，可以嗎？』

並按下傳送按鈕。

接著，其中一個人馬上就讀了訊息。

◆後天性病弱少女的觀察 一

「幫幫我啦，露露——！」

「咦……」

那是昨晚的事。

沒想到久違地接到了娜娜的聯絡。

因為她最近連貼圖都沒傳，我覺得稀奇便打開視窗一看，上面寫著希望今天放學後能去屋頂一趟的內容。

於是我在班會結束後來到屋頂，一打開門娜娜就哭著朝我抱了過來。

變成右手被娜娜緊緊抱住的情形。

這是怎樣？什麼情況？這奇妙的狀況讓我腦袋一時轉不過來。

「首先，我搞不懂娜娜抱著我哭的理由……」

「嗚耶～」

「我還是第一次聽見有人發出『嗚耶～』的聲音耶……」

不管怎麼說，這假哭也太明顯了……

仔細一看，眼淚上面沾著顏色。

看來她是用眼藥水裝出在哭的模樣，實在沒想到真的會有人這麼做。總覺得這很有娜娜的風格，不禁令我微笑。

……不對，這該說是奸詐嗎？

不過會讓娜娜不惜這麼做也要求助的事，究竟是什麼呢？

「……不過，為什麼要找我商量？娜娜最近不是跟很多人在一起嗎？」

常常能看到她跟不同的男女待在一起。

所以我完全想不到她來向我求救的理由。

也因為對她明明一副自我中心的態度，卻能跟很多人交流的事有點不是滋味，我用帶有諷刺的語氣說著。

「這跟那是兩回事。」

但是她絲毫不管我說的話並繼續說道。

「為什麼啊？」

「症候群的症狀又出現了。」

我驚訝地發出「呃」的一聲。

因為，娜娜的症狀不是之前就已經消失了嗎？

「又出現了……？」

「沒錯，又出現了。」

她盯著我的眼中並未浮現心型符號。

但是她眼神認真到透露出不是在說謊。

「能聊症候群相關話題的人，只有露露跟艾莉姆不是嗎？」

「……這麼說也是呢。」

雖然我很清楚她說只能與我和艾莉姆聊，是想來跟我們吐苦水，但就算這樣還是讓我有點高興。

因為就算她身邊有不少人，還是只能來拜託我。

被人依靠果然很開心。

就算那是跟症候群有關，不知道是否能解決的事情也一樣。

「那麼艾莉姆呢？不找她來嗎？」

「聯絡不上她，可能被無視了吧。」

「是嗎……」

畢竟我們姑且可以算已經解散了，要不要回應是個人的自由。

只是我不假思索地給了回覆，而艾莉姆沒那麼做而已。

這點她應該沒辦法抱怨吧。

因為我也可以選擇視而不見。

總而言之，我與娜娜並排而座。

「現在沒有發作對吧？什麼時候會有呢？」

「跟男生出去玩的時候之類的。」

這句驚人的話導致我說不出話來。

最近我非常在意每次見到娜娜，她身邊都跟著不同男生這件事。

他們看起來不像朋友，而是更加親密的關係。

因此我產生了疑問，娜娜想送舒芙蕾的對象，現在究竟怎麼樣了呢？

或許已經跟那個人分手了也說不定。

即使如此，周遊在各式各樣的人之中，光看就令人擔心。

像會被捲進麻煩事，或是已經不再專情之類的……腦中會浮現這種想法。

我們並不算朋友，照理來說這件事對我而言一點都不重要，但既然認識了娜娜，就沒辦法置身事外。

雖然有話想問，但我無法判斷該不該談這件事。

所以我決定繼續症候群的話題。
「狀況那麼集中嗎？」
「……經妳這麼一說，好像挺集中的。而且不是一直出現呢，過一陣子就會消失。」
「也就是暫時性的出現？」
「沒錯沒錯。」
「嗯……」
到了這個地步，我開始產生疑問——為什麼要拜託我這個連解決自己症狀的方法都沒有頭緒的人呢？
建立共犯關係的三人之中，唯獨我沒有找到具體的解決方案。
明知如此，就算跟我求救也……
……果然還是開心的程度稍微多一點。
受到依賴的高興感，以及可能無法解決的不安在我心裡產生衝突。
「妳知道做什麼會消失嗎？」
所以我試著提出感覺有所關聯的問題。
「我想想呢，像跟一起玩的男生牽手之類的。」
「不、不純潔……！」

「什麼啊，牽個手無所謂吧，因為是朋友嘛。」

「……是這樣嗎？」

雖然她說牽手沒什麼，但最重要的是我沒有能夠牽手的朋友，所以不確定。

畢竟現在的我要是隨便跟人接觸就會感到疼痛……可說是離牽手距離最遠的女高中生也說不定，真是令人討厭的位置啊……

但如果換作是我，就算真的有這種女性朋友我應該也會有所顧慮，如果對象是男性朋友就更不用說了。

看著陷入沉思的我，娜娜誇張地嘆了口氣。

「怎麼可能那麼做嘛。」

「什！」

「沒在交往還牽手，怎麼想都很奇怪吧。」

果然是謊話！

「被、被騙了！」

「不管怎麼說妳也太相信我了吧？小心被我推銷奇怪的畫喔。」

「首、首先妳就不該推銷奇怪的畫給我吧！」

「就說是開玩笑的啦。」

「既然妳說這種話，我要回去囉！」
「那樣我會很困擾耶！嗚耶～」
她再度抓住我的手臂開始假哭。
眼中甚至連淚水都沒有浮現，只是一直發出哭泣的聲音。
不過，真正在哭的人一定不會發出「嗚耶～」這種聲音吧。
因為沒有那麼從容吧。
「不是什麼『嗚耶』吧……」
要是一直這樣下去，有種自己正在被她捉弄的感覺。
被人這樣拜託，反倒是我覺得困擾。
「如果有辦法裝哭就別開玩笑啦。要是再這樣下去，我真的要回去了喔？」
「要是不開玩笑，妳就願意聽我說嗎？」
她不再繼續裝哭，雙眼注視著我。
「那當然，畢竟難得來一趟嘛……」
就算直接回去，也沒有事情要做。
比起那樣，總覺得在這裡跟娜娜聊天還比較好。
而且我很好奇她要說什麼。

「……露露果然是個好人呢。」

娜娜笑了。

她的笑容有種早就看穿一切的感覺。從我會聽她說話，不對，就好像她已經知道我會來這裡這件事……

既然早就知道了，那也不必假哭吧。

她內心是怎麼想的呢？

果然搞不太懂。

在我還不明就裡時，娜娜進一步說了下去。

「那麼我說囉，其實我還有一個煩惱。」

「嗯嗯。」

「其中一個跟我玩在一起的男生，擅自表現出了獨占欲，很讓人困擾呢～」

「獨占欲……？」

「就是啊～」

接下來娜娜說出的內容讓我十分吃驚，其中包含娜娜竟然跟這麼多人有來往，以及有人對她這麼執著。

其中還有對明明被人糾纏不清，卻依然主張沒有在交往的娜娜感到驚訝。

回應也漸漸變得越來越隨便。

「總而言之！我喜歡的人只有學長！」

這麼說完後，她暫時停了下來。

並喝起從自動販賣機買來的，好像有點高級的水恢復冷靜。

「……不管怎麼說，這麼做還想主張喜歡學長也太勉強了吧？」

聽完娜娜說的話，我首先冒出的是這個想法。

「咦～？」

雖然娜娜露出無法理解的表情，但不論是誰都會這麼想吧。

跟不同男生出遊、享受。既然對方會當真，代表她肯定有表現出類似的行為。

做這種事還想說自己的目標是學長，這也想得太美了……

「才不勉強呢，因為我真的只把那些男生當朋友……說得更進一步，就是只當作出去玩的時候幫我付錢的錢包，要把那當成戀愛對象？不可能不可能～」

竟然說錢包，真厲害的形容方式……

「就、就算是這樣……」

「艾莉姆就算了，我以為露露應該會理解的？」

「不，再怎麼說我也沒有經歷過這麼糜爛的交往關係啦。」

「真的嗎？」

「那是當然的吧……」

遭到懷疑實在令人遺憾。

正因為本來就不擅長與人相處，更不可能打造出糜爛的關係。

當然，也不打算這麼做。

雖然娜娜講得很認真，但我又開始想離開這裡了。

……反正時間都過了這麼久，乾脆真的回家吧。

「差不多該回去了吧？要是又待得太晚導致被關在屋頂上就麻煩了。」

而且現在應該還趕得上下一班電車。

「該講的也講完了，就這麼辦吧～」

看到娜娜先站起來，我也跟著起身。

「明天我也會過來，關於症候群要是有更詳細的內容，或是想到了處理男生的好方法就來告訴我吧。」

「說什麼處理，又不是貝殼。」

「討厭啦，貝殼還比較可愛呢。」

「貝殼又不會請客。」

「這麼說也對喔。」
雖然不清楚是哪裡覺得有趣，娜娜開心地笑了。
她今天似乎一直很興奮。
是遇到了什麼好事嗎？
「而且這種事怎麼可能馬上想到啊，大概也會跟今天一樣喔。」
「無所謂吧，就那樣。」
「無所謂嗎……」
「啊，今天打得開耶，太好了呢。」
屋頂大門如她所說地可以打開。
原本還擔心要是開不了該怎麼辦，對此我鬆了口氣。
「那麼，明天也拜託妳囉。」
我對擅自說出這種話的娜娜提出反駁。
因為不想就這樣如她所願。
「先說好，我明天不一定會過來喔！」
「好啦好啦。」
但是娜娜卻沒有對我表現出強烈的反應。

她那副從容的模樣倒是讓我很在意而無法靜下心。

○

隔天。

我一整天都在思考娜娜的事。

雖然昨天就已經在思考了，然而那持續到今天。

娜娜的眼中再次出現心型符號的症狀。

她似乎跟許多不同的男生玩在一起。

因為被其中一人纏上而感到困擾。

即使如此，娜娜仍然主張自己喜歡的人只有學長……

就算再怎麼想也無濟於事，我還是會去思考這些事。

明明刻意讓自己不去思考，但總會不知不覺地在腦中浮現出來。

但與其說擔心，想看完整部恐怖片後放下心來的心情還比較強烈。還有要是運氣好，或許能找到解決自己症候群的方法……

簡單來說，就是為了自己。

所以覺得會這樣也是沒辦法的事，卻因為太頻繁而發呆。

午餐時因為發呆太多次，不小心把愛吃的炸雞掉在地上。我當時哭哭啼啼地將它撿起來，等吃完後再把它放進空便當盒裡。畢竟扔進學校垃圾桶裡實在不太好。

「小露，沒事吧？」

相澤同學會擔心也很正常。

「大概不算沒事……」

看我老實回答，她低下頭窺探我的表情。

「如果不介意，可以說給我聽喔？」

「嗯……」

這不是一件可以告訴其他人的事，而我也不想講出來。

所以只是露出曖昧的笑容蒙混過關。

雖然相澤同學一直顯得很擔心，但在田中同學的勸說下，她似乎決定相信我。

雖然那大概不是田中同學的本意，我也不知道她究竟在哪方面相信我，不過總比一直讓她擔心還要好。

話說回來，第一次見到娜娜的時候好像也是這樣。

……雖然已經記不太清楚了。

與那時候不同，我等到放學後才前往屋頂。

娜娜真的在這扇門後面嗎？

雖然我很想相信她會出現，但她可是那個娜娜。

昨天她也說了讓人聽不懂的謊，搞不好她根本就不在也說不定。

該講的話昨天也講完了，況且沒必要連續兩天都過來……

到底會怎麼樣呢？

哎呀，不開門也無法確定嘛！

我鼓起勇氣打開門。

「啊，果然來了，等妳好久囉～」

一派輕鬆的娜娜就在那裡。

她一邊吃著似乎是從福利社買來的巧克力點心一邊滑著手機。

「來是來了……但我想大概沒什麼意義喔？」

「為什麼？」

「雖然姑且調查了關於症候群的事，不過沒有新情報。」

我走到她身邊就座，並這麼說道。

「我也找了有關症候群復發的文章，但搜不到任何結果。」

「我想也是……」

娜娜自己果然也做了調查。

說得也是，畢竟娜娜比我更習慣用社群網站嘛。

「嗯，所以我也試著自己想了一下……」

我直到最後都很煩惱該不該說。

「試著想了一下，然後呢？話說一半很讓人在意耶？」

「嗚……」

被娜娜不斷逼近，讓我有種必須講出來的感覺。但是講出來她或許會生氣，所以不太想說就是了……

「那個……之前我們三個聚在一起的時候，妳們不是說過原因是來自『某種壓力』，做了『平時不會做的事』之後就解決了嗎？」

「嗯，的確說過，那又怎樣？」

「然後，這次娜娜是因為跟男性朋友出去玩才會發作吧？」

「他們不太算朋友，不過大致上沒錯。然後只要牽手就會改善。」

「我在想會不會是因為跟那個人在一起覺得不開心，產生壓力而引起的呢……」

娜娜用微妙的表情點了點頭。

「聽妳這麼說，好像真的是這樣也說不定，可是，會因為這麼小的壓力發作也太誇張了吧？」

「這、這只是我的猜測而已喔！請不要這麼認真看待……」

「知道啦知道啦。」

娜娜用一副完全沒聽進去的語氣回應著。

「然後呢然後呢？既然妳說到這種地步，應該想到解決的辦法了吧？」

要是搞錯了肯定會被抱怨，所以我才不想講啊……！

「嗚！」

「雖然不知道妳為什麼要隱瞞，就說說看嘛？好不好？」

娜娜伸手摸起我的脖子，明明只是被那隻手稍微碰到，心臟就跳得好快。要是被……這麼做的話……！

「妳、妳也會對男生做這種事對吧？」

如果是男生，一定會立刻喜歡上她的……！

「是啊？」

「……這麼做的時候，娜娜很開心吧？」

「嗯，很開心。啊，只要自己覺得開心就能解決了嗎！原來如此～」

她自顧自地得出結論並離開我。

嗯，她的說法正如我所料就是了……

雖然只是從之前聽到的內容來思考，但娜娜似乎也得到了收穫，這樣一直想著這件事的我算是獲得一點回報嗎……？

「光是知道這件事就很有收穫了耶，謝啦。」

「雖然全都只是猜測，如果這樣也行的話，不客氣……」

聽見娜娜老實道謝，總覺得有點坐立難安。

就算像這種小事，我也會覺得她可能另有打算……

雖然我並非不信任她……或許只是因為性格跟自己不同，我才沒辦法敞開心扉。畢竟我們是共犯關係，不是朋友嘛。

「話說回來，艾莉姆今天也不來嗎？有沒有聯絡？」

因為想到了另一位共犯，我試著提問。

「總覺得她已經不會來了，所以沒看訊息。」

「她不來比較好。要是知道現在娜娜的情況，大概會覺得太骯髒沒辦法接受呢。」

「雖然我是覺得不會有那種事啦……但連露露都這樣，那個死板的傢伙搞不好真的會沒辦法接受喔？」

「妳說誰很死板啊？」

我與娜娜同時發出了奇怪的叫聲。

仔細一看，艾莉姆正打開門走了進來。

「咦，艾莉姆？為什麼？」

因為沒想到她會出現，我非常吃驚。不是說聯絡不上嗎？

「我昨天晚上才發現娜娜有傳訊息。想到萬一妳們今天也在，所以過來了……跟我想的一樣呢。」

我不禁覺得她真是老實。

「如果我們不在，妳打算怎麼辦？」

「要是那樣的話，我打算直接在這裡休息。」

「那麼我們不在反而比較好囉？」

聽見娜娜壞心眼的提問，艾莉姆只露出了不耐煩的表情，並未做出回應。

或許對她而言，我們不在反而比較好。

但我們已經過來了，所以也沒辦法。

「……那麼，妳們兩個在聊什麼呢？」

艾莉姆放棄似的在我和娜娜面前坐下。

與之前一樣的聚會方式，讓我稍微有點感動。

畢竟沒想到大家還能聚在一起嘛。

「因為我的症狀又復發了，才來找人商量關於這方面的事。」

「那麼為什麼會聊到我是個死板的人呢？」

艾莉姆雙眼直直地盯著娜娜。

用責備般的視線尖銳地一直看著她。

「咦……不是，沒什麼啦……」

似乎是受不了她的視線，娜娜緩緩地低下頭。

雖然艾莉姆沒有跟著低頭窺探，但她依然繼續盯著娜娜不放。

她就這麼討厭被人說死板嗎？

雖然我覺得所謂的死板並不是那麼負面的詞彙……

該怎麼說，我覺得是代表很有主見的意思。

那正是我對艾莉姆的印象，也覺得是值得尊敬的對象。

「……好了啦，那件事先放一邊。」

「在妳願意解釋之前，我不會離開這裡喔。」

「就算這樣我也無所謂，妳請便。」

「接下來我會大聲朗讀娜娜在社群網站上的貼文。」

「真假？那樣實在太擾人了，別鬧啦！」

「哦，這說法簡直就像不在乎自己會怎樣耶？妳個性變好了嗎？」

雖然娜娜與艾莉姆像在開玩笑般的笑了出來，但她們的眼裡沒有任何笑意，真可怕。

這裡明明是沒有任何遮蔽物且有風吹過的屋頂，為什麼氣氛會這麼凝重呢……

「……妳知道娜娜跟很多男生玩在一起的事嗎？」

「啊～妳要講那件事啊～？」

無法忍受這股氣氛的我，這麼開口說道。

雖然娜娜連忙伸手打算摀住我的嘴，但艾莉姆似乎聽得很清楚。

「唉，是這樣嗎？」

但是她給出的反應卻非常普通。

娜娜似乎跟我一樣覺得很意外，表情顯得相當吃驚。

「看妳正經八百的，果然會覺得很骯髒吧？」

「不，我只覺得這果然很符合妳的形象而已。」

「嗚哇，被人這麼想或許比較討厭耶……」

面對抱著頭的娜娜，艾莉姆回了一句：「不要緊的。」

連我也搞不懂到底是哪方面的「不要緊」。

娜娜則顯得比我更加一頭霧水。

似乎注意到我們聽不懂，艾莉姆繼續說下去。

「從別的角度來看，能把男性玩弄於股掌之間也是一種才能吧。雖然覺得內容不太恰當，但還是很令人羡慕。」

才能……也能用這種方式來看……嗎？

這充滿善意的解釋反倒讓我有些退縮。

艾莉姆一點都不死板嘛。

該不會覺得那樣很骯髒的我才奇怪吧？

不不，這是不可能的。

就算說是才能，把許多人玩弄在股掌之間應該不是件好事。

「話是這麼說，但我覺得艾莉姆應該也能輕易地把男性玩弄在股掌之間耶～？」

「我沒辦法在不感興趣的人面前假裝自己對他有意思。」

「啊……」

換句話說，是不喜歡討好別人吧。我也不是不了解她的想法。

「明明沒那麼難呀，畢竟只要笑著點頭就好了。」

「要是覺得這麼做很簡單，妳果然很有才能呢，繼續鑽研下去應該才是最好的吧。」

嗯？繼續鑽研是指什麼？

「是指我應該把聽人講話的職業當作目標嗎？例如？」

「妳覺得占卜師如何？」

覺得占卜師如何是什麼意思？

「占卜師？」

到底在講什麼啊？

「如果是妳，不光是聆聽，還能夠說出對方想聽的話吧？」

「啊……這樣的確，可能很適合呢。」

「變得像在就業輔導了……」

她們兩人感覺幹勁十足。

這話題走向，我完全搞不懂為什麼事情會變成這樣。

一想到她們果然跟我是不同世界的人，就覺得難過。

我真的可以待在這裡嗎……？

以往的不安閃過腦海，雖然這次是被娜娜叫來的所以應該沒關係，但即使如此還是會感到不安。

「話說，不就是因為說了對方想聽的話，才會被麻煩的傢伙給纏上嗎……？」

聽我這麼說，娜娜緩緩地將頭轉了過來。

表情看起來有點絕望，她或許認為我說得沒錯。

聰明的娜娜為什麼會沒發現呢？明明這麼明顯。

相對地艾莉姆則似乎毫無頭緒地偏了偏頭。

可能是因為她沒有聽到那麼多的緣故。

「麻煩的傢伙倒底是指什麼呢？」

「昨天已經跟露露講過了，我懶得再解釋一次。露露，拜託妳了。」

「咦！」

突然被點名，讓我嚇了一跳。

就算她說懶得講，我也只聽過一次，所以講不太出來就是了，對吧？

但是見到娜娜消沉的模樣，我也不太好意思就這樣拒絕。

我剛剛說的話似乎讓她大受打擊，感覺有點抱歉……

至於艾莉姆則是滿懷期待地看著我。

「我、我覺得這不是該期待知道的事耶。」

「就算是這樣，會在意也是沒辦法的事。」

「嗯……」

總覺得只有她不知道果然不公平，所以我用自己的話講述了娜娜遇到的事。

雖然途中娜娜訂正了幾個地方，但大致上應該都符合事實。

「什麼嘛，這不是沒有完全掌握對方嗎？」

艾莉姆聽完後，以混雜嘆息的語氣這麼說。

「重點在那裡嗎！」

聽了這件事，首先冒出這種感想的艾莉姆果然一點都不尋常。

原以為自己應該很了解她了，其實還差得遠……！

娜娜雖然不像我這麼誇張，卻也當場傻眼。

居然能讓娜娜愣住，真是厲害。

話說回來，她的表情還是老樣子比想像中更加豐富呢。光是能看到漂亮的臉蛋露出各式各樣的表情，就覺得很有意思。

雖然現在不是說這個的時候……

「就是這樣啊，為了不讓自己困擾，只要妳完全掌握主導權就行了。」

艾莉姆毫不在意我的反應，繼續說了下去。
「……說得還真簡單耶。」
「如果是妳，應該很簡單吧？」
艾莉姆接下來補充的那句「難道不是嗎？」充滿了挑釁的感覺。
還能看出她的嘴角微微揚起。
從那個樣子來看，總覺得她真的能把男性玩弄於股掌之間，雖然她本人肯定沒那個意思就是了。
娜娜不滿地瞪著艾莉姆。該怎麼說，感覺是我難以想像的複雜感情在她心中來來去去的表情。
與臉上掛著笑容的艾莉姆正好相反。
我緊握雙手注視著彼此互瞪的她們。
總覺得是個令人心跳加速的瞬間。
該說像在看漫畫，還是電視節目的劇情呢？
「……只要輕鬆搞定就行了吧？」
不久之後，娜娜挑釁似的做出回應。
聽她這麼說，艾莉姆像在說「這樣就行了」似的笑了。

「如果是妳，應該做得到才對。」

「別講得一副妳很懂的樣子。」

「好、好啦好啦。」

娜娜用銳利的指甲對著仍在挑釁的艾莉姆，我則是想辦法讓娜娜冷靜下來。

接著娜娜以掌心向上的手，朝艾莉姆比了一下。

這該說是有禮貌的比法嗎……她大概是抱持著「為什麼只有我必須保持冷靜，是她先開始找碴的吧？」之類的想法吧。

雖然是這樣沒錯，雖然是這樣沒錯啦！

「差、差不多該回去了吧！時間已經過滿久了！」

無法忍受這個氛圍的我如此提議。

實際上時間已經不早了，兩人一語不發地點了點頭。

雖然沉默讓人難以忍受，但也只能努力忍到樓梯口了。

「那麼，之後再見囉……！」

抵達玄關的瞬間我朝著兩人揮揮手，飛也似的逃離現場。

然後，到了當天晚上。

『謝謝妳們今天提供的各種建議！』

『除此之外，因為症狀又復發讓人很困擾，那方面也請多指教囉！』

娜娜傳來了這樣的訊息。

看來她也對艾莉姆傳了同樣的訊息但沒有得到任何回應。大概是覺得不知道回什麼才好吧，對此我也深有同感。

……總之我以「她內心真是堅強」的感覺佩服著她。

但還是不知道到底該回什麼才好。

◆誇耀膚色的少女的下一步

晚上洗完澡後，我悠閒地放鬆著。

明明有這個打算，腦中卻閃過了放學後發生的事。

意外地認真替我調查的露露，以及不知為何推薦我當占卜師的艾莉姆……雖然當時覺得那樣也不錯，但現在一想簡直莫名其妙。

到頭來不是沒在占卜嗎？會被當成詐欺犯之類的逮捕吧。

雖然詳情我不太清楚，但在這種情況下犯人就是艾莉姆。

她將來肯定不得了。

要是這麼做，絕對能把男人玩弄於股掌之間。

不如說艾莉姆一定能用那種方式，讓身邊充滿侍奉她的男人才對吧？

為什麼要在這種奇怪的地方謙虛啊，真是莫名其妙。

……這些無關緊要的事，一直在我的腦中揮之不去。

「什麼嘛，這不是沒有完全掌握對方嗎？」

艾莉姆當時講的那句話，讓我當場感到錯愕。

畢竟、也是嘛……？

再怎麼說也太誇張了吧？

明明人家正因為被麻煩的男生纏上感到困擾，這時候不該講這種話吧……？

面對艾莉姆那誇張的態度，使我腦中頓時充滿了中傷的詞彙，並打算將那些過分的話說出口。

沒想到自己的壞話詞彙竟然這麼豐富，使我差點笑了出來。

但我最終沒把那些話說出口，大概是因為有露露在的緣故。

總覺得要是那孩子聽見傷人的話，就算對象不是自己，她也會感到難過。最糟的狀況可能還會哭出來，那可就麻煩了。

所以我才設法將那些傷人的話語拋到腦後。

不過，那位千金小姐在那之後依然不斷開口挑釁。

讓人覺得她是不是真的很想嘗嘗苦頭。

要是露露不在場，我又不是個弱女子的話……誰知道她究竟會怎麼樣呢？

事到如今只有神明才知道了。

應該說，沒有引起任何事件的我應該被人稱讚才對。

……開玩笑的。

「唉……」

我對自己大大地嘆了口氣。

就算是我，也很清楚艾莉姆並非只是單純講話很過分。

大概正因為對象是我，她才會講出那種話吧。

如果有同樣煩惱的人是露露，姑且不論是否真的那麼想，她一定會說出「那還真難受呢」之類的話吧。

會這樣也很正常。

艾莉姆肯定覺得「被麻煩的男生纏上」很難受才對。

她應該有這種程度的情感。

搞不好她曾經遇過相同的情況也說不定。畢竟是個千金小姐，而且就算不是，她也長得很可愛。

明知如此還講出這麼挑釁的話，大概是因為她不認為我會對這種事感到束手無策吧。

她是真的認為掌握主導權是一件容易的事。

姑且不論占卜師那些細節，她是真的認為我做得到才會這麼說。

這一切都是艾莉姆個人的評價方式吧。

「呵哈……」

不妙，笨拙過頭了，有點好笑。

還是說那種好戰的態度，才是艾莉姆的本性呢？

如果是這樣，生活絕對會很困難吧。

平時的她到底有多壓抑啊？

該怎麼說，感覺她甚至有可能不太清楚自己在壓抑呢。

那樣好像有點可憐。

……但她大概也不需要我的同情吧。

不過，我也很高興艾莉姆這麼看好我。

如果是我，無論對方是什麼樣的男人都能掌握主導權。這就是她的言外之意。

我就做給妳看。

憑藉自己的魅力，讓麻煩的男人閉嘴。

我也覺得這麼做肯定非常有趣。

我當然擁有這種程度的魅力。

要是說有什麼不足，大概是技術吧。

於是幾天後，我出門尋找內容與掌握人心有關的雜誌。

因為掌握人心是較為曖昧的分類，我認為比起寫在網路上的情報，還是知名人士寫的書比較有可信度。

話說回來，印象中最近便利商店好像有擺放這方面的書籍。我走進附近的便利商店，發現的確有擺出來，於是我拿起封面最好看的一本便站著看了起來。

不過，看完之後我嚇了一跳。

因為，上面沒有任何值得一提的情報。

只刊載了一些在平時常看的雜誌戀愛特輯上也看過的進攻方法，以及自己這麼做也許比較好等等憑感覺編造的內容。

騙人的吧！

咦？竟然有這種事？

原以為只是剛好這本書是這樣，但其他書上的內容果然也差不多。

這是因為人能做到的事情有限嗎……？

不對，可能是人們的行動會受到影響所以是有限的也說不定？

無論如何，這本書對我沒有任何幫助也是事實。

看完之後，我立刻覺得自己在浪費時間。

不不不，負面的讀後感想也該有個限度……

但因為是事實所以沒辦法。
不過決定先來便利商店試閱真是太好了。
要是買下來可就慘了，差點就浪費錢了嘛！真是危險！
……就是這樣。
雖然沒得到什麼成果，但也讓我知道自己同樣具備了足夠的技術。
不如說能知道這件事就已經夠了。
『之後要出來玩嗎？』
我一如往常地向那個男生傳了邀約的訊息。
到了約好的那天，我會把你玩弄於股掌之間……！
讓你徹底暈頭轉向！

○

發送訊息後，對方說過幾天的假日比較好。對我而言假日也比較有空所以正好。
然後是指定地點，這方面對方也沒有意見，使我自然地浮現笑容。
接下來只要完美地實踐就行了。

終於到了與那個男生約好的日子。

硬要說的話，我等很久了。

只要自己能設法解決那個麻煩的男生，人際關係一定會變得更加輕鬆。為了這個目的，我不斷地在腦內反覆模擬情境。

拜託了，希望一切順利……

地點是在我指定的咖啡廳露天座位。

因為有情侶折扣，這裡經常能看到在秀恩愛的情侶，所以就算看起來像在打情罵俏應該也沒關係。

當然我不打算跟他打情罵俏……是為了讓旁人產生這種錯覺才挑了這間店。

另外就是紅茶也很好喝，雖然未必能好好享受味道，但應該比去難喝的店要好得多。

到了咖啡廳後，男人正在入口附近等待著。

「等很久了嗎？」

「等很久囉。雖然只遲到五分鐘，但約人的……」

我用手指抵住他打算開始長篇大論的嘴唇。

他立刻朝我的手指看了過來。

確認他安靜下來後，我收回手指。

「對不起喔?」

雖然不知道他有沒有看見，但我試著朝他拋了媚眼。

看來他似乎看得一清二楚。

他像被我的舉動嚇到似的，瞬間變得滿臉通紅。

「怎、怎麼了?發生了什麼事嗎……?」

嗚哇，真稀奇的反應。

明明平時他看起來一點都不在意我。

不過，得動搖到這種程度才行呢。

畢竟讓他徹底放下戒心是最重要的。

「咦?什麼事都沒有啊。」

我朝他露出燦爛的笑容，接著對方像更加害羞似的搔了搔頭。

但那表情像在煩惱該怎麼辦。

「怎麼可能什麼事都沒有?」

「比起這個，快點進去吧。這裡的紅茶很好喝喔，一點都不苦，非常順口。」

男生打算繼續開口時，我拉住他的手走進店裡。

雖然用的力氣不大，但身材比我高大的他還是動了起來。

或許是意外地覺得被人主導也感覺不壞，真是好笑。

就我而言，因為自己也很少這麼積極地展開攻勢，所以內心很緊張。

假如學長很內向，是不是也可以像這樣展開行動？

畢竟到目前為止，我從來沒想過要主動進攻。

正當我想像著自己跟學長的互動而感到開心的這段期間，我們在店員的帶領下來到露天座位就座。似乎因為來的時間很微妙，店內客人並不多，這樣正好。

我點了一杯不加任何東西的冰大吉嶺紅茶，而他則緊張地點了菜單上唯一不是紅茶的冰咖啡。

……明明說過紅茶好喝，卻刻意點咖啡，果然我們有點合不來呢。而且，之前去其他店點咖啡的時候，這個人不是感覺咖啡很苦而沒喝嗎？明明沒有裝模作樣的必要。

那傢伙自從點完餐後就一直眼神渙散心不在焉。

嗯～現在是該那樣發呆的時候嗎？

對方似乎在心裡把我當成女友了，那為什麼在面對重要女友的攻勢時卻畏畏縮縮呢？

如果是高中生情侶，就算做出更刺激的事情也很正常吧。

雖然實在不想再更進一步，但我也有點在意要是這麼做對方會有什麼反應。應該會非常動搖……不對，很噁心耶，還是別想了！

就算從對方身上移開視線，他也依然什麼都沒說。

於是我在紅茶上桌之前滑手機隨便打發時間。

「讓您久等了。」

紅茶與咖啡終於被端了上來。

雖然覺得這裡的主力菜單是紅茶，不過咖啡味道也很香。

或許咖啡是不壞的選擇也說不定？下次記得的話點點看吧。

當我聞著大吉嶺紅茶的香氣並打算好好品嘗時，對方在我眼前很猛地把咖啡一口氣喝光了。

不，為什麼啊？

面對這不解風情的行為，我只覺得很尷尬……

難不成他以為這是運動飲料？如果是這個人，真的有可能就是了……

見到這幅光景讓我頓時沒了食慾，便用吸管隨性地攪拌著冰塊。

與我的反應相反，男生以一副若有所思的表情開口：

「說實話，妳今天到底怎麼了？」

啊，終於提到這件事啦，那真是太好了。

「怎麼樣？心動了嗎？」

我滿臉笑容地試著這麼問，於是對方用盡全力地點了點頭，隨後抬起頭來的他表情看起來有點高興。

「心動得……不得了。」

他似乎感動到說話變得斷斷續續的。太莫名其妙了，真好笑。

「其實……每次跟娜娜出來玩我都覺得很心動，覺得自己竟然能跟這麼棒的女孩在一起，簡直幸福得要命。」

這一定是他無意間透漏的真心話吧。雖然很高興他願意這麼想，但我可不接受。

「是這樣嗎？可是，我就算跟你一起玩也不會心動耶？」

「咦？」

大概沒料到我會說這種話吧，他不解地偏了頭。

「難不成你沒聽見嗎？我說自己就算跟你在一起，也不會感到心動。」

我清楚地講了第二遍，對方總算明白了我的意思。似乎無法隱藏受到的打擊，他握著杯子的手不斷發抖。

「怎、怎麼可能，不用逞強也沒關係的。」

「我看起來像在逞強嗎？」

「看、看起來……不像……」

「對吧？」

見到對方初次表現出失去從容的模樣，讓我覺得有點有趣。

不過，可不能就此打住。

「就是因為無聊，才會引發求愛性少女症候群喔？」

雖然事實是否和露露說的一樣還不確定，但我能夠接受，所以就是這樣吧。

「咦？」

「每次症狀發生都是你的錯喔。明明我總是讓你那麼感動，為什麼你就不能讓我心動一下呢？」

我裝作很失望地鼓起臉頰逼問著他。

這下要是他還沒有任何反應，我就立刻回家吧。就算待在一起，終究也只會讓症狀發作而已。

而萬一對方惱羞成怒，就報警把他交給警察吧。因為要是在露天座位做這種事，不只是我，店家應該也會受到影響。

反正要是真的出了問題，一定會有人出來阻止吧。

像坐在對面那對情侶的男方，好像一直很在意我？

明明女朋友就坐在眼前，真是可憐。畢竟我就是可愛到犯規嘛，而且要是他願意伸出援手就幫大忙了，甚至讓人想這麼拜託呢。

對方的表情看起來很懊悔。大概是以為自己至今有讓我心動過，但發現實際上根本沒那回事的緣故吧。

還有，一直很了不起地對症候群講個不停，卻被說「原因是自己」這點也奏效了嗎？話說，原來他是個比預料中更容易被言語傷害的人嗎？超意外。

因為對方不斷變化的表情很有趣，使得原本應該立刻回家的我不禁想看下去。

不過呢，就這樣平安落幕應該也不錯，雖然願意請客的人變少有點遺憾，但我本來就覺得他是個麻煩人物。

而且我知道自己學會了能讓這種人也心動不已的應對方式。

只要知道這件事，接下來怎樣都無所謂了，有種船到橋頭自然直的感覺。

「那個……」

當我想到這裡，對方終於有了反應。只見他握著手機，把畫面轉了過來。

「我可以看嗎？」

對方一言不發地點了點頭，於是我好奇地往手機畫面看過去。

「……咦？」

出現在畫面上的，是我過去刊載在雜誌上的照片。而且好像還是在我擔任泳裝模特兒之前的照片。因為很小張，我還記得自己好像抱怨過為什麼會這麼小張……

「你為什麼會有這種東西？」

「在姊姊的雜誌上偶然發現，覺得很可愛就一直存下來了。還追蹤了妳身為模特兒用的帳號，在那之後有刊登妳照片的每期雜誌我都一定會買。」

「真、真的嗎？」

「或許妳不相信，不過是真的。之前妳登上封面的那一期我買了三本……」

真假？如果是這樣，他不就是我的大粉絲嗎？

咦，代表他至今為止的舉動，都是煩人御宅族的行為囉？聽他這麼說，似乎也有那種感覺耶……？

「我大概是因為憧憬的對象就在眼前而沖昏頭了，對不起……」

咦……？沒想到他居然會變得這麼老實。

不對，更讓人訝異的是他竟然是我作為模特兒的大粉絲耶！

超讓人開心的耶！

「啊，心型符號不見了，太好了……」

他打從心底鬆了口氣似的這麼對我說。

看來剛剛似乎也出現了符號。

真的只要覺得興奮或開心就會消失呢。
「當然會消失啊，畢竟我從來沒遇過像你這樣支持我的粉絲嘛。」
因為從來沒這麼開心過，我心臟撲通撲通地跳個不停。
「騙人的吧？大家真沒眼光。」
「對吧？」
「小娜明明這麼可愛。」
「就是說啊～？」
即使如此，這個人依然不會成為我喜歡的人就是了。

○

接著，又過了幾天的放學後。
雖然不怎麼期待，但我還是懷著僥倖的心情前往屋頂。
就算她們兩個不在，今天天氣也不錯，正好用來消磨時間。
來複習今天上課的內容吧，然後，如果有時間也想預習一下。
不對……想到這裡，也開始有種兩人不在比較好的感覺。

不過，要是她們在的話不只可以討論，還能聊其他事情所以也不錯呢？因為之前的事完全不能跟其他人說，我正想找她們討論。

我一邊想著她們是否在屋頂上，一邊走在走廊上。

接著，我看見包含小崎學長在內的其他學長朝這裡走了過來。

咦？怎麼會？

他們看起來剛離開屋頂……也就是說我可能會跟學長們碰面嗎！

不妙！

陷入混亂的我不假思索地躲進一間空教室。

雖然立刻找到地方躲藏是很好，但要是他們走進來就完蛋了。

我一邊祈禱他們不會走進這裡，一邊偷看門外的情況。

「……咦？剛剛那個人該不會是小娜吧？」

「是你的錯覺吧？」

「是這樣嗎～？那麼可愛的女孩子，我不覺得自己會看錯就是了。」

……我從來沒這麼討厭自己長得可愛這件事。

明明都逃掉了還把我的話題拿出來聊耶？誰能接受這種事啊？

首先，我根本沒想到自己會被認出來。

……應該不會追過來吧？

既然是學長的朋友，這方面應該會很識相吧？對吧？

「那是誰？認識的人嗎？」

此時突然傳來的聲音，毫無疑問是小崎學長。

為什麼在這個時候……

我那原本擔心會被發現而上升的體溫，一口氣下降。

難不成學長直到現在還不認識我？

怎麼會，不可能吧。

「咦，你不認識小娜嗎？」

「她是個學妹，有傳聞說長得很可愛而且還在當模特兒喔，你不知道嗎？」

那不是傳聞是事實，但現在不是靜下心來否定的時候。

「呃……」

這個停頓是怎麼回事，難道是為了回想在煩惱嗎？

光是需要這麼做的這個時刻，就絕對不可能有印象嘛……！

「抱歉，真的想不起來，是個怎樣的女孩呢？」

果然。

我的內心發出了某種東西崩塌的聲音。

刺痛，刺痛。

究竟是內心還是身體呢，沒來由的疼痛感正逐漸擴散。

等等，疼痛率先侵蝕著身體，使我沒辦法好好理解現況。

我只是想去屋頂確認那兩個人在不在而已耶？

但是看到了學長，發現他們在聊我的事，還被迫知道學長完全不認識我……

腦袋早就當機，無法好好運轉。明明知道學長他們已經離開，身體卻依然動彈不得。

這件事就是這麼有衝擊性。

儘管我已經這麼努力了，學長卻完全不認識我，也就是說——

全都是白費力氣。

我們姑且也有面對面講過話……

即使如此，學長連我的長相都不記得嗎？

如果是這樣，真令人受傷……

這究竟是為什麼？

我明明這麼可愛，為什麼會這樣呢？

難不成……是有那方面的嗜好嗎？像喜歡長得沒那麼可愛的女孩之類的。

我沒想過這種可能性，真的會有這種事嗎……？
不，這並非完全不可能。
話雖如此，沒想到偏偏是我喜歡的人有這種傾向……！
因為無法以貌取人，才會發生這種事……
至今為止的事，就當作沒發生過吧。
……雖然打算這麼想，但這麼做需要花太多力氣了。
啊啊啊，我為什麼要對班上的人也這麼溫柔啊。
要在沒有「想被學長喜歡上」這個目的之下持續這麼做，難度也太高了。
真的是，該怎麼辦呢？
……不，比起這個還有件更重要的事。
胸口的這股痛楚，究竟要怎麼樣才會消失呢……

○

回家後我走進房間，身體頓時沉重得像斷了線似的。
我將書包放到旁邊並躺在床上。

「啊……慘了……」

眼睛自然地流下淚來，不僅溫熱還黏在臉頰上，感覺好噁心。

話說，距離上次真的流淚哭出來，是多久以前的事呢？

模糊不清的腦袋完全想不起之前發生的事。

只覺得很難受，非常痛苦，心好痛。

為什麼我必須遇到這種事呢？

要是非得這麼痛苦，我已經不想再喜歡上任何人了。

喜歡上未必會喜歡我的人這種事，已經受夠了。

可是，我沒辦法喜歡上那些說喜歡我的人……

願意喜歡上我的人，對我來說沒有任何魅力。

其實我也並非不想被人思念著，該說是願意說喜歡我的人吸引不到我嗎……

因為在說出喜歡我的瞬間，就只會被我當成是願意吹捧我的路人的緣故嗎？

想到這裡我就能夠接受了，或許真的是這樣。

為什麼會發生這種困境呢？我被詛咒了嗎？

……難道是求愛性少女症候群？

懷著可能是這樣的想法，我懶散地伸個懶腰，並從口袋拿出手機。

用裝在筆記型手機殼內側的鏡子打量起自己的臉，眼中並沒有出現心型符號。
我那漆黑的瞳孔裡，映照著自己從未見過的軟弱模樣。
「哎呀，真慘。」
因為實在太慘，我忍不住笑了出來。
是會讓人懷疑沒有睡覺的慘烈表情。
這麼糟的臉，大概是我第一次見到。
不管長得再可愛，要是被逼到極點也會變成這副模樣啊，在別人面前得多注意才行。
「呼……」
笑了一陣子後，舒暢多了。
雖然的確很難過，但既然事情已經發生了也無可奈何。
更何況我的疾狀是「求愛性少女症候群」。
只要脫離少女的身分，一切肯定都會好轉。
在那之前好好享受短暫的少女生活吧！
短暫的少女生活……雖然無法喜歡上別人，接下來就讓我更加積極地享受被喜歡我的人們吹捧的生活吧。
畢竟我對同學很溫柔，這麼做應該不會有報應！

問題全部之後再說！
只要現在過得開心就好了！
這麼決定後，我稍微恢復了點精神。
身體也不像剛回家時那樣沉重。
反倒輕鬆到讓人懷疑剛剛是怎麼回事。
總之，我為了確認時間而打開手機。
呃、哇！已經這麼晚了？我到底躺了多久啊。
回家後明明還有一堆事情要做。
首先得去洗個澡。
雖然沒吃晚餐，但這麼晚還吃東西有點那個，就簡單解決吧。
然後是作業……啊，真是的！好羨慕以前不認真的時候！
但畢竟還有未來規劃的問題，無論如何都得好好完成。
因為我很感謝爸媽，所以必須照著他們的心願去做。
不過等做完那些事之後，寫作業時感覺會很想睡覺……
對了！在寫完作業前，找個人來聊天吧。
那樣肯定會因為緊張而睡不著。

我立刻打開社群網站的好友名單。

嗯～要找誰好呢……

這個人應該已經睡了，這個人總覺得沒有有趣到能夠長時間聊天……

啊，這個人這時應該還醒著，而且我最近愛聽的樂團他好像也說過喜歡，那麼肯定能聊得來。

就決定是這個人了。

『欸，待會要不要打電話聊一下？』

傳出訊息後，如我所料地馬上變成了已讀。

接著沒過幾秒就回傳訊息了。

『怎麼了？發生了什麼事嗎？』

『那個啊——』

啊，被人關心的感覺果然很好呢。

才能。

那是我沒有的東西。

雖然有時班上同學會說：「小艾莉姆什麼都做得到，真厲害呢。」但那是因為他們不認識我妹妹才會這麼說。

以認識我妹妹的人來看，他們就不會說出我什麼都做得到這種話了吧。

現在父母總是拿我和妹妹比較，並不斷說我沒有才能，老實說很煩人。

但這也是沒辦法的事。

妹妹她總是能一派輕鬆地完成所有事情。

能夠完美地達成父母提出的所有課題。

就算比我晚出生，能力卻遠比我更加優秀。

那並非努力的成果，而是與生俱來的。

——這有時候會讓我憎恨得不得了。

明明我也很努力了，為什麼比不上她呢？有時我會泫然欲泣地這麼想。

但就算這麼想也無濟於事。

要是至少能有一項能贏過妹妹的才能……沒錯，我沒有一天不這麼想。

但是直到今天，我依舊遠遠比不上妹妹。

○

自從跟露露和娜娜締結共犯關係後，我開始努力構築比過去更加廣泛的交友關係。

我並非打從心裡想這麼做，只是當作能讓自己回得了家的必要手段。不過即使以能邀請對方回家的關係為目標，我不會讓對方太深究自己的事，也不會主動和他們過於親近。

……雖然這麼想感覺與共犯關係差不多，但我依然提醒自己要盡量溫柔地對待他們。

就是因為這樣，原本和我保持距離的班上同學才會開始跟我搭話吧。

人數盡量越多越好。

畢竟不可能每天邀請一位同學回家。

會與人邊聊天邊享用一直以來當成例行公事的午餐，應該算有進步吧。

「我記得艾莉姆同學沒有加入社團對吧？」

午休時間。

跟我一起吃便當的小林同學這麼開啟話題詢問道。

「是這樣沒錯，怎麼了嗎？」

因為沒想到會在這時候聊到社團活動的事，我不解地歪頭。

「其實我是漫畫研究社的成員。」

「漫畫研究社……？」

「沒錯，俗稱漫研！」

「漫研嗎？」

總覺得這種省略方式很像著名藝人，但我並未講出這件事。這是因為擔心對方沒有共鳴，而導致氣氛尷尬。

我最近才知道，觀察氣氛其實意外地是件難事。

不過，漫畫研究社嗎……

在剛入學時的介紹活動上，好像有聽過這個社團。

不過，我完全不記得社團內容。

這是因為我原本就沒打算加入社團，所以根本沒在聽。

而且由於家裡管得很嚴，我也沒好好看過漫畫。

所以，我完全無法想像這是個怎麼樣的社團……

究竟該怎麼對漫畫進行研究呢？

不對，比起這個，我更好奇她為什麼要對我提起這件事。

「所以，怎麼了嗎？」

就算我這麼問，她也完全不說話。

「這是、那個……」

之後她雖然開了口，講出來的話卻不明不白。

「那個，是什麼呢？」

光聽這些還是完全不明白她的用意，於是我出言催促並等她繼續說下去。

「那個啊……」

「嗯。」

最後，小林同學像終於下定決心似的開口說道：

「其實呢，漫研現在人數不夠。」

「嗯。」

「這樣社團或許會解散也說不定……」

「社團解散，是嗎？」

我終於明白了她的意思。

「也就是說，為了避免社團解散，想拜託我成為社團成員嗎？」

「事、事情就是這樣。」

她像鬆了口氣似的摸了摸胸口。

雖然知道了她的用意，但還是有件事情不明白。

「為什麼找我？」

「嗚……」

「老實說，我覺得自己應該跟漫畫沒有關聯才對。」

實際上我也幾乎沒看過。

不過從旁人的眼光來看，其實我比自己想像中的更像有在看漫畫嗎？

如果是這樣還真令人遺憾，我並沒有好好看過漫畫。

「那個，嗯……就算是我，也看得出來艾莉姆同學大概不會看漫畫喔。」

「那麼為什麼？」

「那是因為，其他同學全都已經拒絕……沒有退路了。所以，現在只能拜託艾莉姆同學了。」

看來只是單純的刪去法。

不過，從她的表情來看，可以知道她真的已經走投無路了。

對小林同學來說，這個社團肯定很重要，否則她不可能特地連我都開口詢問。

「所以拜託妳！就算只是參觀也好，可以請妳過來一趟嗎？絕對不會讓妳困擾的！」

她雙手合十並朝我低頭，因為那副模樣太過拚命，看起來就像我做了什麼壞事。

這讓人非常困擾，會影響到其他人對我的印象。

「請、請別這麼做，就算妳那樣拜託也只會讓我困擾。」

「咦？」

雖然她立刻抬起頭來，但表情看起來十分難過。

她明明已經抬頭，我的罪惡感卻有增無減。

「果然不行嗎……？」

「這個嘛……」

「說得也是……大家放學後都很忙，當然沒辦法參加社團活動……不如去打工賺錢還比較好，我很清楚的……」

眼前的她嘆了氣。但那並非帶有明顯的惡意，反而像一開始就放棄所以看開了似的。

她是在無意識中引起我的罪惡感嗎？

還是刻意這麼做的呢？

不，看起來不像裝出來的，她大概就是這麼困擾吧。

「說得也對呢……」

雖然我並不覺得有人遇到麻煩就該幫忙，但她如果這麼困擾，我開始覺得就算只是去參觀也無所謂。

那會讓人非常困擾。

最近就算什麼都不做也能回家，但大概就快要回不了家了也說不定。

如果可以，她也許會成為我能偶爾邀請回家的朋友，那樣的話，最令我感到高興。

「我可以只去參觀嗎？」

「咦！」

聽我這麼說，小林同學再次朝我看了過來。

不，她甚至反覆看了好幾次。

有這麼驚訝嗎……？

「真、真的嗎！」

「是、是的。畢竟妳看起來很困擾，我不會說謊的。」

我一邊後退避開身體突然前傾逼近的她，一邊點了點頭。

接著，彷彿她先前的表情像假的般露出了燦爛的笑容。

雖然我只答應要去參觀，但她的笑容就像已經不會廢社了一樣。
要是她因為誤會而直接讓我加入社團的話該怎麼辦呢。
「那麼，今天放學後一起去社團教室吧！請多指教！」
「好、好的……」
她毫不在意我的不安，臉上浮現的笑意持續了整個午休。
到了關鍵時刻，得好好拒絕才行……
我在心裡暗自下定決心。

○

「差不多該過去了吧！」
「嗯，麻煩妳帶路了。」
「交給我吧！」
放學後，我跟著充滿幹勁的小林同學一同前往漫畫研究社的社團教室。
似乎因為本來成員就不是很多，社團教室被分配在社團大樓的角落位置，路途中她提到或許位置差勁也是招收不到成員的原因之一。

「不過呢，在社團教室陽台看到的夕陽非常漂亮喔～」
「是這樣啊。」
「嗯嗯！」
爬樓梯的時候，我提出了一直都很在意的問題。
「所謂的漫畫研究社，究竟在做些什麼呢？」
「咦？」
她嚇了一跳。
接著立刻像想通了什麼似的，露出理解的表情。
然後，對我說明社團的活動內容。
「就跟名稱一樣……雖然這樣說好像有點怪，但就是在閱讀或畫漫畫喔。」
「那樣就是在研究漫畫嗎？」
「啊，這個嘛……」
看來小林同學顯得很困惑。
這個表情我在她打算與班上同學搭話時也看過好幾次。
我被迫理解了自己實在不諳世事，而且還是非常誇張的程度。
連這種時候也是，我覺得自己如果不是千金小姐就好了。

「我們並沒有像名稱那樣做什麼像樣的研究啦，只要知道是一群喜歡漫畫的人聚在一起進行活動的社團就行了。」

「這樣啊。」

「沒錯沒錯。」

既然如此，我加入其中應該不是件好事吧？

我並沒有特別喜好漫畫。

或許社團本身就是被逼到了這種地步……話雖如此，如果就這麼維持現狀，讓人有點擔心假如我入社了，之後該怎麼辦。

「假設我要入社的話，那樣沒關係嗎？」

「為什麼？沒問題的啦。」

她立刻給出了肯定的答覆。

……總覺得開始擔心，會不會只是這個人很樂觀而已。

「艾莉姆同學並不討厭漫畫，只是幾乎沒看過對吧？」

「……經妳這麼一說，的確是呢。」

「那麼，只要找到喜歡的作品一定會愛上的，這間學校的漫研放了很多漫畫，我想一定也有艾莉姆同學會喜歡的作品。雖然社團成員一直都很少，但其實好像很有歷史喔。」

「這、這樣啊。」

「就是這樣～」

「那還真是令人期待呢。」

「沒錯吧～！」

因為她不斷靠近，使我忍不住退了好幾步。

她該不會比想像中更加咄咄逼人吧？

雖然看起來不像，但果然人不能只看外表呢。

要是被趁勢拉進社團的話該怎麼辦才好？

雖然加入社團本身也許不錯，但加入漫畫研究社是個大問題。

我完全不覺得父母會允許我加入這種社團，感覺已經能預見他們說出「如果有時間做這種事，不如好好念書」之類的話了。

但是，知道能閱讀各式各樣的漫畫，令人非常期待。

正如她所說，其中一定也有我會喜歡的作品吧。

漫畫的表現方式和以文章為主的小說不同，配合圖片也能讓人更好理解內容吧。

而且說不定光看圖也很有趣呢。

「就是這裡！」

小林同學說著便停下了腳步。

「是這裡嗎？」

與其他社團教室相同的門上，貼著寫了「漫畫研究社」的紙條。

紙上畫著可愛的插圖，感覺很符合漫畫研究社的風格。

「要進去囉，準備好了嗎？」

「是、是的。」

「那麼……」

門發出聲音打了開來。

「大家辛苦了～」

「辛苦了～」

「那麼艾莉姆同學，快點進來吧～」

我依照小林同學的指示走進室內。

裡面早已坐著兩位社團成員，她們手上拿著筆坐在同一張桌子上。

我和慢慢抬起頭的兩人對上視線，她們頓時因為吃驚而瞪大眼睛。

「這、這孩子是誰？」

「是來參觀的艾莉姆同學喔！是期望以久！來參觀社團的人！」

從小林同學用敬語說話這點來看，她們兩位應該是學姊吧。
「咦，艾莉姆同學不就是……」
「那位千金小姐……」
兩人在交頭接耳的同時，朝我看了過來。
我能理解因為她們是學姊，只從傳聞來認識不熟的學妹才會做出這種反應，但驚訝到這種地步，就算是我也會受傷的……
「沒錯！這樣就能避免社團解散了！」
「不，那個，我還沒決定要入社——」
「真的嗎！」
我拒絕的話語被兩人的聲音，以及起身時椅子發出的聲響給蓋了過去。
三人不知不覺將我圍住，明明被包圍的人是我，把我圍在中間的她們卻顯得戰戰兢兢的，究竟是為什麼呢？
「艾莉姆同學……呃，艾莉姆大人？您有在看漫畫嗎？」
「如果沒看，就不會來這種社團了吧？」
「請、請不要加上大人之類的敬稱，在這裡我只是普通的學生。」
「怎麼能這麼說呢……」

「這樣太失禮了……」

「怎麼這樣……」

雖然一直覺得露露至今為止的反應是不是太大了，但看來她那樣很普通。

在這所學校裡，我的形象究竟被傳成什麼樣子啊。

或許該說，到底是被誰營造成這樣子的呢。

明明我在學校裡是個人畜無害的普通人，實在令人遺憾……

「不過說實話，這位千金小姐真的有在看漫畫嗎？」

「那個啊，她似乎沒看過呢。」

小林同學代替我做出回答。

「咦！」

「可是可是！還沒拒絕的一年級生只剩下她了嘛。」

「就、就算是這樣，妳不覺得我們的立場會變危險，很恐怖嗎……？」

「才不會那樣啦！對吧！」

「就算妳那麼說……」

不等我開口，話題就照著我會加入社團的方向延續了下去。

明明我完全沒說過要入社……

雖然心裡這麼想，不過學姊們原先使用的桌子上放著的東西引起了我的興趣。

因為覺得直接說出不會入社便離開教室很可惜，我無視了正在討論的三人走近桌邊。

「哇……」

桌上放著畫有類似漫畫內容的紙，紙上都是一些可愛的圖畫。

這些全都是學姊們畫的嗎？

如果是的話，真是驚人的才能。明明有成員具備這麼厲害的才能，為什麼會招不到人呢，實在很不可思議。

……難不成是因為到學會之前要花太多時間的緣故嗎？

像理解了無法在高中三年內學到極致，只好中途放棄之類的……？不對，那樣的話套用在每種社團活動都一樣。

是有除此之外的理由嗎……？

不管怎麼想，我似乎都無法理解。

紙的周圍放置著各式各樣的筆和工具，都是些我沒用過的東西，令人很感興趣。有些東西我曾經在文具店看過，但不知道在什麼地方使用，原來是用來畫漫畫的呢。

這個……是筆嗎……？

「啊，不要碰！」

聽她這麼說，我發現自己正伸手打算去拿筆。

看來我在興趣的驅使下無意識地展開了行動，真是好險。

「真是抱歉，我差點就弄壞了非常重要的東西。」

「與其說是重要……啊！比起這個，別看啊！」

為了不讓我看見那些紙張，學姊連忙張開手腳擋在我面前。

「別看啊」這句話讓我覺得實在有點受傷。

感覺像做了比起差點碰觸到更加差勁的事。

「這、這是為什麼呢？不是畫得很可愛嗎？」

「那只是業餘人士的畫，而且還沒完成，所以會害羞啦！」

「原來是這樣嗎……」

東西沒完成會感到害羞的心情我也不是不能理解，因此我沒有再多說什麼。

反倒是學姊「啊！」地大叫了一聲，更顯困擾地看了過來。

「真、真對不起，不小心就用平常的方式說話了……」

沒想到學姊會因為這種事道歉，反而讓我覺得困惑……

「不，這樣說起話來比較輕鬆，請您務必這麼做。也可以不用客氣，請直接叫我艾莉姆就好。」

「是、是嗎……？」
「是的。」
「我、我也可以叫妳小艾莉姆嗎？」
小林同學戰戰兢兢地提問。
「可以喔。」
以她的情況來說，不論是不是平輩語氣，因為加上敬稱非常奇怪，我認為這麼稱呼比較自然。
「太好了～！真開心！」
「有這麼誇張嗎？」
話說回來……總覺得學姊們看待我的方式有了改變。
說是改變……總覺得很不可思議。
首先可以確定的是，她們已經不再對我感到害怕。
雖然我對此感到高興，但也有種無法由衷感到開心的感覺。
這是為什麼呢？
「小艾莉姆對漫畫本身有興趣嗎？」
另一位沒有用身體擋住漫畫的學姊這麼問道。

「是的，有興趣。」

「那麼這邊的書櫃裡放了很多漫畫，要不要看看？」

我順著她的手勢指引走到房間深處，裡面放著被簾子遮住的大型書櫃。學姊掀開簾子後，只見書櫃上塞滿了漫畫的單行本。

「哇……」

終於見到了放有各式各樣作品的書櫃，讓我覺得很開心。

「因為直接擺在外面會被人擅自拿去看，而曬到太陽也不好，才會放得裡面一點。」

「原來是這樣啊……」

雖然只看得到書背，但連這樣都色彩鮮豔到令人興奮不已。

光是這一小部分就像間小書店，好厲害。

仔細一看，會發現有些書背上的插圖似乎是連貫的。

設計得十分講究，真是厲害。

沒想到光只是看見書背，就令人覺得這麼有趣。

內容肯定非常有趣吧，真是令人期待。

「這些我可以拜讀一下嗎？」

「當然可以！啊，不過要好好愛惜喔，和看圖書館的書一樣。」

「我明白了。」

我緩緩地從書櫃裡將中意的一本書抽了出來。

《紫陽花色的迷宮》。

書的封面插畫相當漂亮。

男女十指交扣的構圖真不錯，讓我不禁看得入迷。

畫工姑且不論，雖然我不清楚這種圖究竟是好是壞，但我覺得非常美妙。

這種讓登場人物眼睛閃閃發亮的表現十分可愛，我很喜歡。

我翻開書看了起來。

數張可愛的圖排放在一起，藉此構成故事。起初雖然不知道該從哪裡開始看起，但隨著翻頁掌握了要訣，於是我慢慢地看下去。

我拿的似乎是一本描寫戀愛的漫畫。

內容是主角為了接近一見鍾情的對象不斷努力的故事。

不光是登場人物的心情，連動作也描繪得十分細膩，讓故事能夠順暢地進入腦海中。

因為太有趣了，使我翻頁的手停不下來。

不知不覺就看完了一本。

我心中充斥著只能用興奮來形容的心情。

真有趣……！

如果可以，我還想看後續！

學姊似乎察覺到我的想法，笑嘻嘻地向我問道：

「怎麼樣，看了之後覺得有趣嗎？」

「是的，非常有趣！」

「那可是屈指可數的名作漫畫呢。雖然發售時我們還沒出生，但人氣可是高到現在還能推出新裝版喔。」

「原來是這麼古老的作品呢……」

我一邊對這個事實感到訝異，一邊再度端詳起看完的漫畫封面。

確實，感覺是經過了時代變遷的保存狀態。

雖然很漂亮，但依然能看出不可避免的歲月痕跡。

「因為描寫方式十分現代，還以為是最近才出版的作品。」

「說得沒錯！這位作家出了很多像預言的作品喔！所以這方面是他的厲害之處……」

學姊握住我的手熱情地說了起來，使我不禁嚇了一跳。

她似乎也沒料到自己會做出這種行為。

因此不但顯得吃驚，同時似乎也覺得非常抱歉。

「對、對不起，因為這方面的事我已經跟社團的每個人都聊過了，所以能與不了解的人聊這個很新鮮，一不小心就……」

「我才該說抱歉，只是因為太過熱情我才嚇了一跳，您就是這麼喜歡這部作品呢。」

「喜歡……嗯，就是因為喜歡，所以才希望妳能繼續看下去吧。」

換句話說，是希望我能加入社團吧。

我也開始產生了比剛來時更傾向入社的想法。因為不僅能看到這麼棒的作品，還能與人討論這方面的內容，一定相當有趣。

「如果能繼續看下去……因為非常有趣，後續很令人在意。」

但是，我還沒有做好能說出要入社的決心。

「一開始就選到覺得有趣的故事，不就代表小艾莉姆有漫畫研究社的才能嗎？」

小林同學也這麼說，試著勸我入社。

「是、是這樣嗎？」

我覺得「那樣真令人開心」，真是不可思議。

明明不懂漫畫研究社的才能是什麼意思，居然會感到高興。

「可、可是……我不會畫漫畫耶。」

想起剛剛看過的漫畫，我再度猶豫起來。

「會不會畫漫畫根本無所謂，只是剛好我們兩個都有在畫而已，聽說歷代成員也很少人會畫。」

「我也不會畫喔，因為覺得與學姊們聊天很有趣才入社的，也不希望社團解散。」

「大概是這種感覺。怎麼樣？要不要入社看看？」

腦中閃過了父母的身影。

他們肯定會反對吧。

雖然早就習慣挨罵了，但要是不僅加入了莫名其妙的社團，成績還變差的話……或許會受到難以承受的處罰。

「請讓我暫時考慮一下。」

因為這樣，我沒辦法立刻點頭答應。

「是嗎？那麼，等妳的好消息囉。」

「……謝謝。」

不用立刻給出答覆這個事實讓我鬆了口氣。

「啊，不過小林姑且還是繼續找其他人問問看吧。畢竟要是沒人加入，社團可是會解散的。」

「咦～已經沒有其他人了啦～！」

「男生呢？」

「要是只有女生的社團有男生加入，肯定會引起大麻煩的……」

「說得也是……」

我不經意往地下看，夕陽已經照進了室內。

接著看向時鐘，才發現已經快到了社團活動結束的時候，看來我在這裡過了比預料中更長的時間。

差不多必須回去了呢……

「那個，時間差不多了。」

「說得也是，回家吧。」

「我們收拾完再走，妳們先回去吧。」

「可以嗎？」

「拿出這個弄髒桌子的本來就只有我們啊，而且小艾莉姆應該沒有這種困擾，但小林要是不念書就慘了吧？」

「這、這件事不用講出來也沒關係吧～！」

因為小林同學慌張地晃動身體的模樣很有趣，我輕聲笑了出來。

不過……如果她成績真的有問題，感覺也能用教她功課當理由邀請對方來家裡。

或許在考試前是個好點子。

我記得她回家的方向應該跟我一樣。

「那麼，期待妳的好消息囉。」

離開之前，學姊充滿熱情地這麼對我說著。

「好的，今天非常感謝各位。」

「大家辛苦了！」

我們低頭致意後離開社團教室。

因為接下來目的地一樣，我們並肩走在一起。

「我記得小林同學的家跟我在相同方向對吧？」

我為了以防萬一開口確認。

「嗯，是這樣沒錯？要一起走嗎？」

「妳願意跟我一起嗎？」

「如果小艾莉姆不介意的話，我很樂意！」

我的手被她握住了，她的手十分溫暖。

我因為沒遇過這種事而有點困惑，但是也握了回去。

「哇！」

小林同學露出了今天最燦爛的笑容。
「那麼回家吧！」
「好、好的。」
要是繼續跟她走得這麼近，哪天她應該會突然抱上來吧……？
我心裡懷著這種想法，與她一起離開了學校。

○

「話說回來，漫畫研究社是以怎樣的頻率進行活動呢？」
與小林同學走在回家的路上，我才想到自己忘了問這個基本的問題。
因為還要念書，我抱著至少週末不要有活動的想法詢問。
「主要的活動日只有週一、週三跟週五喔。」
比預料中來得少。
看來不只週末，平日也有幾天沒有活動。
「……咦？」
不過這樣又讓我有個疑問。

「可是，今天不是週二嗎……？」

「畫漫畫的學姊們似乎覺得在社團教室比較能集中精神，所以幾乎每天都會過去。」

「原來如此……」

或許也能當作集中精神做事的地方也說不定。

「因為覺得不只是漫畫，還能讓妳看見這方面的活動，才在今天邀請妳來參觀。」

「原來是這樣啊。」

「不過被學姊罵說『不要這樣』就是了～」

看來她們趁我不注意時講過這種話。

「雖然她們說還沒畫完，但那已經是很棒的作品了，等完成後能讓我拜讀嗎？」

「不知道耶……平時她畫的畫都說是興趣連我都不能看，不過校慶的時候可以看到拿來做成社刊的作品喔。」

「真的嗎？有點令人期待。」

見到我的反應，小林同學很開心似的露出笑容。

「看來妳很喜歡呢。」

這句出乎意料的話，使我瞬間停下腳步。

沒想到在她眼中看起來是這樣。

我有點害羞地別開視線。

「與其說是喜歡，其實是很感興趣喔。」

「這兩個詞有差別嗎？」

「我覺得不一樣就是了……」

嘴上說著「是這樣嗎？」的小林同學，的確讓人覺得她的成績不妙。

喜歡和感興趣的意思絕對不一樣。

「啊不過，要是妳能加入社團就好了呢。」

「……的確是呢。」

我發自內心表示同意。

當聊到這裡時，我們來到了我家門前。

明明是一段平時走習慣的路，但總覺得距離很短。

雖然還有些事情想問，但今天就此告一段落吧。

「那麼，我先回去了。」

雖然想邀請她回家，但要是太咄咄逼人或許會造成反效果，所以我決定作罷。

「嗯，明天見～」

我心中懷著未必能回得了家的不安向她揮手道別。

由於平安地走進家中，我鬆了口氣。

搞不好是因為做了平時不會做的「閱讀漫畫」這項行為也說不定。

既然如此，加入漫畫研究社不也是一種手段嗎……？

不對，一旦入社之後，就不算平時不會做的事情，可能還是有必要邀請他人回家。

求愛性少女症候群還是一如既往的麻煩。

「我回來了。」

「歡迎回來，大小姐。」

以往我都會直接回到房間把自己關在裡面，但是今天不同。

因為必須與父母商量自己是否能加入社團。

話雖如此，要是直接明講，肯定會被直接打回票。

我回到房裡一邊享用準備好的晚餐，一邊思考該怎麼辦。

要謊稱自己想加入其他社團嗎？

不，這種謊話立刻會被拆穿，而且說謊反而更會讓他們生氣吧。

既然如此，只能實話實說了，但這樣才是最麻煩的……

是說，爸媽他們真的討厭漫畫嗎？

想到一半，我忽然冒出這個疑問。

雖然不久之前大多數人都覺得漫畫是種不入流的東西，但現在已經和動畫一同成為了日本的一項文化。

既然如此，應該不需要那麼討厭……？

不，爸媽的腦袋可是很頑固的。

他們有可能還不認同漫畫是一種文化。

或許得先確認這點才行。

要是他們認同漫畫是一種文化，那麼事情就簡單了。

就寄託在這微小的希望上吧。

我不情不願地離開房間，朝著父母應該待著的客廳走去。

我已經好久沒有主動前往有他們在的客廳了。

過去愛衣還在的時候，我還會聽她的話而不得不跟家人交流，但自從她離開後，我變得所有事情都在房間裡解決。這就是身為千金小姐的好處。

我穿過漫長的走廊，來到客廳大門前。

聽得見從客廳傳到門外的些許聲音，他們現在是在看電影之類的嗎？能聽見輕鬆的音樂及英文的交談聲。

心臟撲通撲通地跳個不停。

開始覺得好想逃離這裡。

就算不加入社團也無所謂吧，這樣不是會因為念書時間減少導致成績下滑嗎？

只要離開家裡，看漫畫的機會要多少有多少不是嗎……

我腦中浮現了這種正經八百的念頭。

即使如此，我的內心依然不想放棄。

這是一股我自己也不明所以的強烈衝動。

於是我下定決心，打開那扇門。

「打擾了。」

打開門一看，母親正坐在沙發上欣賞電影。

看來父親似乎不在，或許還在工作也說不定。

母親暫停播放電影，轉頭朝我看了過來。

雖然很討厭與母親面對面，但這裡就想成比同時面對他們兩個還好吧。

「……怎麼了？妳怎麼會改變主意來這裡？」

母親看著我的眼神十分銳利。

既然現在已經沒人會保護我，能仰賴的只有自己的勇氣了。

「我有想要的東西，但不知道該不該買，才來詢問您的意見。」

「……妳打算買什麼？」

「名叫《紫陽花色的迷宮》的漫畫。」

我將在漫畫研究社讀過的作品名稱直接說出來。

雖然到目前為止都很順利，但母親在聽見漫畫這個詞彙後嘴角抽動了一下。

隨後乾笑了幾聲。

原本銳利的視線變得像在責備我似的。

「我說妳，還有時間沉迷那種東西嗎？」

「因為朋友都在看，就算是為了交流……」

「像那種朋友能幫上妳什麼忙？」

「幫忙是指？」

「我的意思是他們不是只會對妳造成不好的影響嗎？」

我甚至沒來得及說出「才沒那回事」。

「——唔！」

「像妳這種還必須好好努力的人，不要再跟推薦這種東西讓人沉迷的朋友來往了。」

面對母親的話語，我感到心中產生了一股反抗心理。

我也知道自己還需要努力。

但即使如此，我仍不能接受她對我的交友關係指指點點。

因為我之後不僅要與被說成這樣的朋友維持關係，也下定決心要加入漫畫研究社了。

「……只有這件事？」

或許是對沒有做出任何反應的我感到不耐煩，母親用傻眼的語氣問道。

因為覺得不需要繼續說下去，於是我低下頭。

「是的，很抱歉浪費了您的時間。」

「嗯，請妳不要再說蠢話了。」

母親這麼說完，便回過頭按下播放鍵。

我詛咒著她的背影，就此離開客廳。

走出門外後，我大大地嘆了口氣。

看來我的母親並不認為漫畫是一種文化。

她的價值觀究竟是有多過時啊。

既然母親是這樣，那麼父親肯定也一樣。

正因為他們是這個樣子，我才無法融入社會。

都不知道因為自己的無知驚訝了多少次……

我構思著要在私密帳號上抒發的內容，就這麼回到房間。

○

今天放學後去漫畫研究社的社團教室，告訴他們我要加入社團吧。

我抱著這種想法前往學校，並一如往常地上課。

雖然總覺得與小林同學偶然對上眼的次數變多了，但她什麼話都沒說。這大概是她獨有的關心方式吧。

既然如此，把自己會入社的事情告訴她讓她安心或許比較好。

「小林同學。」

「咦！」

姑且為了找地方說話試著邀她一起吃午餐……但她不知為何嚇了一大跳。

她回頭看著我的目光，也因為緊張而搖擺不定。

「咦，小艾莉姆？怎麼了……？」

「要不要一起吃午餐呢？」

「可、可以一起吃嗎？」

「如果不方便的話，我不會勉強妳。」

「不、不不不！一起吃吧一起吃吧！我現在就拿便當出來！」

慌慌張張地拿出便當的她，到底是遇到了什麼事呢？

我開始產生了在講出自己的事情之前，必須先幫她解決問題的想法。

「妳怎麼了？為什麼這麼靜不下心呢？」

因此我趁著和她面對面享用便當時這麼開口問道。

而她像是出乎意料地「咦？」了一聲。

看來她甚至沒發現自己心神不寧。

「有、有這麼靜不下心嗎？」

「是的，而且妳好像對我非常在意的樣子呢？」

「是的，因為就算是上課時，我們也經常對上眼。」

「是這樣嗎……？」

「嗚哇……這麼誇張嗎……」

小林同學看似很懊惱地低下頭。

雖然因為手上拿著便當所以辦不到，但要是沒有的話她大概會直接趴在桌上。

不久之後她緩緩地抬起頭來，並直接開口說道：

「我非常在意小艾莉姆會不會加入社團，所以一直靜不下心來。」

……看來原因在我身上。

雖然覺得是這樣也說不定，但因為她的世界相當寬廣，所以我得出了原因可能在其他地方的結論，而且聽說女高中生的煩惱大多與戀愛有關。

「原來是這樣啊，那還真是抱歉。」

「不不不！不用跟我道歉！因為只是我擅自在心浮氣躁而已。」

她拚命地主張錯不在我。

「還有，不用勉強自己加入社團也沒關係喔。畢竟，小艾莉姆的家就算有門禁也很正常……」

「雖然妳這麼說，但我已經決定要加入社團了。」

由於不希望她繼續低著頭，我清楚地宣言自己將會加入社團的事。

因為我原本就打算說出來，所以一點也不奇怪。

「……咦？」

小林同學的雙眼瞬間睜大。

雖然她在聽完之後表情有點開心，但立刻又搖搖頭露出了僵硬的表情。

她不覺得高興嗎？

「真、真的嗎？」

硬要說的話，感覺她好像還有所懷疑……？

她大概不覺得我真的會入社。

因為我也不覺得自己會加入，她會這麼想也是沒辦法的事。

「嗯，是真的。」

就算這是謊言也不會有任何好處。

「是、是漫畫研究社對吧？」

「沒錯，是加入漫研。」

因為接下來就要加入了，覺得用簡稱來稱呼比較好的我這麼說道。

……總覺得有點難為情。

見到我這副模樣，小林同學終於好好地露出了笑容。

「太好了……」

在她徹底放下心來的溫柔笑容影響下，我也笑了出來。

見到她這麼開心，我忤逆母親加入社團的決定有了價值。

不過漫研原本就是個如果我不加入就可能會解散的社團。

所以她或許是因為不會解散而感到開心也說不定。

「這個笑容是因為社團能繼續存留下去嗎？」

因此我忍不住開了口。

我一邊覺得這麼問有點壞心眼，一邊期待她能開口否認。

她要是肯定的話我會受到打擊，但我是在了解這個前提的情況下提問的。

「雖然也不能說沒有這種想法……不過小艾莉姆能夠加入社團我非常高興喔。」

小林同學如我所料地這麼回答。

因為實在太過開心，我完全止不住臉上的笑容。

也因為這個緣故，導致我在之後的午休以及課堂上都必須忍著不露出笑意。

○

時間來到放學後。

「好，我們去社團教室吧！」

「好的。」

我與充滿元氣的小林同學一同前往漫研社團教室。

「今天大概是做自我介紹的一天吧，昨天不在的學姊今天應該也會去社團。」

「也就是說還有一位成員嗎？」

「沒錯沒錯，只要有四個人，就能被承認為正式社團喔。」

直到現在我才第一次知道社團的必要人數。

雖然至今我對此毫不在意，但看來四個人就夠了呢。

還以為要有十個人左右才能夠得到承認。

畢竟常見的運動社團成員大約都是這個人數，而如果是活動頻繁、會參加大賽的社團，印象中人數會再多一倍左右。

……咦？這時，我腦中冒出一個疑問。

「……明明已經有四名成員了，卻還是陷入了解散危機嗎？」

除了小林同學以及昨天見過的兩名學姊之外，還有一位昨天沒出現的學姊，加起來是四個人，剛好是能夠被承認作為社團活動的人數。

那為什麼要找人呢？

「雖然現在有四個人，但是社長……昨天勸妳入社的學姊是三年級的，已經快要離開社團了，所以才必須找人加入。」

「原來如此。」

是這麼一回事呢。

或許正因為人數剛好是四個人，才會總是與解散危機為伍。

話說回來，既然四個人之中有兩位是學姊，也就代表明年至少要找到兩位願意加入社團的人才行。

如果不只兩個人，而是能讓更多人入社……不就不會中途陷入解散危機了嗎？

「明年社團介紹時必須更加認真才行呢。」

「雖然小艾莉姆的想法很好，但不覺得太早了嗎！」

「提早進行構思是很重要的喔。因為今年的介紹我一點印象都沒有喔？無法讓人留下印象的社團，又有誰會想加入呢？」

「這、這件事絕對不能對學姊說喔！」

「咦，這是為什麼？」

「學姊會很消沉的！」

「是這樣嗎？」

「就是這樣！」

雖然擔心不說的話就不會有所改善，但在見到小林同學那拚命的表情後，我決定不要講出去。

正聊著這些話題時，我們抵達了社團教室。

或許是聊得很投入的緣故，並不覺得距離有多遠。

「大家辛苦了～」

「大家辛苦了。」

我模仿她昨天的做法走進教室。

「哎呀，沒有人在呢。」

昨天一進門就有兩位學姊圍在一旁的桌子前畫著漫畫，但今天她們似乎不在。

「不，既然門開著就一定有人才對，可能在裡面看漫畫吧。」

聽了她的說法，我與小林同學一起走到裡面，發現有位不認識的學姊坐在書櫃前的沙發上看著漫畫。

似乎感覺到了我們的氣息，她慢慢地將視線從漫畫移開抬起頭來。

「辛苦了。」

「大家辛苦了～」

「大家辛苦了。」

眼前的學姊遠比昨天聊過的學姊們要來得沉穩許多，這點從她那毫無起伏的平淡語氣中也能感覺得出來。

那位學姊正盯著我看。

是我臉上沾了什麼嗎……？

要是讓她繼續這樣盯著看，搞不好會被看穿一個洞。
當我開始產生這種想法時，學姊把漫畫書闔起來。
並且同時開了口：
「……小林，不能帶無關人士來社團教室吧。」
學姊用雖然平淡，但明顯帶著怒氣的口吻這麼指責著。
無、無關人士……！
我忍不住朝小林同學看了過去。
她先吃驚地看了學姊一眼，隨後笑著搖搖頭說：
「不是啦～這孩子是從今天起加入社團的小艾莉姆！」
「今天。」
雖然附和「是嗎」的語氣一樣平淡，不過學姊似乎也嚇了一跳。
因為昨天沒看到這位學姊，所以她或許也不知道我來參觀的事。如果是這樣，會認為我是無關人士也很正常。
這件事姑且不論，學姊的話傷到了我的心也是事實。
要是接下來能建立起良好關係就好了……前途堪憂。
「我叫做艾莉姆，請多指教。」

「我是佐佐倉……雖然不知道情況，但講了那麼失禮的話實在很抱歉。」

學姊小心翼翼地把漫畫放在一旁，接著從座位上站起來並朝我低下頭。

從第一印象來看，她似乎是個比預料中更直率的學姊。

「請、請抬起頭來。既然不知道的話，會那麼說也是沒辦法的事。」

「很高興妳這麼說，接下來也請多指教。」

這麼說完後，學姊再次坐回沙發上拿起漫畫。

那本漫畫是我昨天也看過的《紫陽花色的迷宮》。

但封面插圖與我昨天看的那本有所不同，應該是不同集數吧。

「佐佐倉學姊也會看那邊的作品嗎？」

「啊，嗯。這已經是第二輪了。」

「第二輪……？」

聽見不熟悉的詞彙，我不禁感到好奇。

學姊見狀也很困擾的樣子偏著頭。

表情就像在說無法理解究竟是哪裡聽不懂似的。

「是指全部看完之後，再從頭看一遍的意思喔。」

小林同學連忙這麼向我解釋。

「原來如此，要是全部看完之後再反覆閱讀，感覺會有新的發現呢。」

在讀推理小說時，我也有過看第一遍時簡單看過的部分，在看第二次時發現明顯是伏筆的經驗。

就算是漫畫，這方面大概也差不多。

話雖如此，首先我得看完第一遍才行。

「辛苦了～」

這時候，社團教室的入口傳來了兩個人的說話聲。

我順著聲音回頭一看，昨天見過面的學姊們走了進來。

於是我們各自回了句：「辛苦了。」

「啊，是小艾莉姆耶！」

「是、是的。」

學姊們將書包放在位於入口附近的椅子上，便直接走到書櫃這裡。這裡明明不算狹窄，但有五個人還是會讓人覺得有點擠。

可能也有來自書櫃的壓力也說不定。

「既然會出現在這裡，難不成妳決定要加入社團了嗎！」

看似社長的那位學姊握住了我的手，雖然感覺快被她的氣勢壓倒了，但因為我本來就打算入社，於是將手握了回去。

「是的。小女子不才，今後還請多多指教。」

「呵呵，感覺就像準備嫁出去呢。」

「我、我沒有那個意思……」

應該是因為我還沒掌握在社團活動時應有的距離感吧，真想快點熟悉。

「話雖如此，不用壓抑自己也沒關係喔。就算因為補課不來，我們也不會生氣啦！」

「這、這樣就行了嗎？」

「嗯，畢竟小林也常常因此不來嘛。」

「啊哈哈哈……」

小林同學的反應與其說是負面的難為情，不如說是感到害羞。

果然能用教她念書當理由邀她來我家呢。畢竟快要考試了，嘗試提出邀請或許是個好點子也說不定。

「話說回來，我還沒請教各位學姊的名字呢。」

「啊，對喔！我是社長岬，而她是副社長鏑木，請多指教。」

「請多指教～」

「請兩位多多指教。」

「那麼，既然新成員也加入了，來開個大會各自介紹喜歡的作品吧！」

「為什麼？我們應該沒做過這種事才對……」

佐佐倉學姊對鏑木學姊的提議抱持著疑問。

「因為小艾莉姆至今好像幾乎沒看過漫畫的樣子，所以這是我希望她能與有趣作品相遇才想到的。而且妳們不覺得就是因為平時沒做過，才會覺得新奇嗎？」

「如果妳們的原稿還來得及的話，我是無所謂啦。」

聽佐佐倉學姊這麼說，兩人發出了呻吟。

看來她們在畫的漫畫好像是有截稿日的。

像是真正的漫畫家一樣，真厲害……

「應、應該趕得上啦……」

「沒、沒問題沒問題，偶爾也要休息一下嘛……」

她們嘴上這麼說，但看起來完全不像沒事，究竟是為什麼呢？

「那個，不必勉強為我做什麼……」

雖然我試圖開口阻止她們，但兩人只是搖了搖頭。

「沒關係的！」

「與其說是為了小艾莉姆，不如說也是為了我們自己！」

這樣的話，好像有點令人高興不起來耶……？

「那麼，從我開始吧！」

於是持續到日落為止，介紹大會就此開幕。

我也決定除了《紫陽花色的迷宮》之外，還要多看幾部漫畫。

○

這是自從加入漫研後，過了幾天回到家的時候。

才剛走進家門就立刻見到了母親。平時她應該是不會出來迎接的，究竟是抱持著什麼樣的心態呢？

難不成是我加入漫研的事被發現了？

如果是這樣的話很令人困擾。

推薦的漫畫我連一半都還沒看完呢。

「我回來了。」

「歡迎回來……我說妳，最近好像比較晚回家呢。」

從她的語氣來看，事情似乎還沒有被發現。

畢竟母親是這種人。要是事跡敗露，她肯定不會這麼拐彎抹角。
這下暫時可以放心了。
況且我早就料到自己晚回家的事總有一天會被指責，自己的回家時間變得比以前常去的圖書館閉館時間還晚也是事實。
我直接用自己模擬完這種情況後所準備好的話語作出答覆。
「是的，我在指導朋友念書。」
我沒有說謊，事實上我的確偶爾會教小林同學念書。
只是，我晚回家的原因不僅如此罷了。
「妳有這種餘裕嗎？」
「我覺得教朋友念書不僅能當作複習，也能讓自己對課程的理解進一步加深，這是獨自念書所得不到的，而且……」
「而且？」
「也能向朋友請教自己不擅長的科目。」
雖然不擅長的科目當然不是指課業，但我沒必要講得這麼詳細。
「我認為這並不是一件壞事。」
每當我開口，母親都會露出厭惡的表情。

雖然她的嘴巴像想說什麼似的動個不停，但終究什麼都沒說出口。

「請問還需要繼續解釋嗎？」

沉不住氣的我早一步開了口。

聽得一清二楚的咂舌聲響起。

聲音是來自眼前的母親。

明明對我說過這樣很粗魯，自己做就沒關係嗎……

「……下次考試的成績應該就能證明這樣是好還是壞了！」

最後母親在單方面拋下這句看似好不容易擠出的話語後，便轉身離去。

只剩我一個人留在玄關。

面對這句宛如撂狠話的話語，我不禁當場愣住。

話說回來，在某部漫畫裡好像也有主角的情敵像這樣對主角撂狠話的場景……雖然事情原委有所不同，但被對方放話的主角也是這種心情嗎？

如果是過去不知道這件事的我，或許會跟主角一樣在睡前想起這件事而感到厭惡吧。

但我一想到自己和那位主角陷入了同樣的狀況，就覺得有趣得不得了。

發生這件事之後的隔天。這是在我迫不及待地於放學後開始看漫畫時發生的事。

這天因為要參加委員會跟補課，來參加社團活動的人只有我和岬學姊。

學姊正在面對原稿，而我正在閱讀被推薦的漫畫。

我每看完一部作品，推薦的作品就會隨之增加，所以遲遲無法看完。

不過，有很多作品能看是一件幸福的事。

每部放在社團教室裡的作品都非常有趣。

「小艾莉姆妳啊～」

這時，我因為被搭話而抬頭。

「是？」

「應該沒畫過漫畫風格的插圖對吧？」

正在跟原稿奮鬥的岬學姊突然這麼問。

「我沒有畫過這種風格的插畫呢。」

雖然在美術課畫過圖，但那與漫畫的風格相距甚遠。

說起來，我甚至沒有想過要畫出類似漫畫風格插圖的想法。

也擅自認定那不是自己能畫出來的東西。

或許是因為我至今都不了解，才會有將其神格化的傾向也說不定。

「如何？要不要畫畫看？」

「咦？」

學姊向我做出了這樣的提議。

面對這出乎意料的話語，我無法隱瞞自己的訝異。

由我，來畫插圖……？

「不用露出那種表情啦，畢竟就算畫不好也不會有任何壞處。」

學姊一邊這麼說，一邊將隔壁的空椅子拉開。椅子前的桌上放著紙、鉛筆與原子筆，只要坐上去就能開始畫。

「可是……」

「妳沒有想畫畫看的想法嗎？就算只有一點點也一樣。」

「嗚……」

被她這麼一說，我沒辦法輕易否認。

我的確想過，要是能畫出這種插圖，或是順利畫出漫畫的話一定會很開心。

在閱讀小說的時候，我也有過換作自己就會這樣構思故事的想法。

但是，畫不畫得出來就另當別論。當然，我沒有能畫好的自信。

雖然學姊說就算畫不好也不會有任何壞處，但我的內心肯定會產生變化。我能夠自然地想像出自己因為沒有任何才能而感到失望的未來。

因為感到非常害怕，我坐在沙發上動彈不得。

「小艾莉姆真是誠實呢。」
學姊從座位上起身，來到我身邊坐下觀察情況。
能夠感覺到她的行動中帶有歉意。
「……畫不好有這麼可怕嗎？」
「是的……」
我不禁老實地點了點頭。
明明用自己討厭繪畫，或覺得難為情來蒙混過去就行了，但我卻直接將自己害怕畫不好的心情說了出來。
說完之後我反而被自己嚇了一跳。
「啊、不是，我並不覺得害怕……」
「不，我能理解妳的心情。」
學姊注視著我那拚命掩飾的雙眼，將我害怕的心情全盤接納。
「畢竟現今擁有卓越技術的人，年紀可能與我們差不多嘛。」
「……的確是這樣呢。」
「就算不是這樣，既然世上已經有了這麼多美妙的作品，也有人會產生就算自己不畫也無所謂之類的想法。」

雖然我並沒有想得這麼深入，不過學姊繼續說道：

「可是啊，我覺得還是要珍惜那份『就算這樣也想畫』的想法比較好喔。因為就算失敗，想要嘗試做什麼的事情是非常寶貴的嘛。」

「唔……」

總覺得她簡直像是在說給她自己聽似的。

但是學姊的鼓勵卻自然地觸動了我的心弦。

想要嘗試做什麼的心情，是非常寶貴的嗎……

「……我可以試著畫畫看嗎？」

「那當然！」

學姊像是在說「就等妳這句話」似的，表情一口氣開朗了起來。

接著她便站起身，坐回原本的位置上。

我下定決心在學姊身邊坐下，並拿起鉛筆看著紙張。

「總而言之，先試著仿畫自己喜歡的場景吧。」

「您說仿畫嗎？」

面對遲遲無法決定該畫什麼的我，學姊這麼說道：

「畢竟創作活動的一切都是從模仿開始的嘛，妳能立刻列出有喜歡場景的漫畫嗎？」

「喜歡的場景……」
我再度起身，從書櫃裡拿了一本《紫陽花色的迷宮》。
「我很喜歡這位主角第一次與男人見面的場景。」
「這的確是個好場景呢。」
學姊不知道從哪裡拿來了書架，將那個場景攤開固定在上面。
「那麼，要試著努力看看嗎？」
「好的……！」
我慢慢地在紙上滑動鉛筆。
沒多久後，便專注地畫了起來。
我可能比自己想像中的更想畫圖也說不定。
否則，不可能這麼專心作畫。
除了用名為網點的東西所營造的閃閃發光感之外，我應該把用線描繪的部分全部畫出來了才對。
這樣差不多有點像樣的感覺了吧。
「哇……」
我放下鉛筆，從紙上抬起頭來。

不知不覺間，夕陽已經照進了社團教室。

看來似乎花了比預想中更多的時間。

「……真厲害。」

「哇！」

耳邊突然傳來小林同學的聲音，使我嚇了一跳。

如果在的話就說一聲嘛。

我抱著這種想法環顧四周，發現社團成員都集合到了社團教室。

因為似乎花了很多時間，就算大家都來了也不奇怪，自己沒發現這件事反而讓我感到吃驚。

該不會無論她們說什麼我都沒有反應吧……如果是這樣，說不定感覺非常差，必須道歉才行。

「這個好厲害。」

彷彿在說我的猜測是杞人憂天似的，在場所有人的視線都集中在我眼前的紙上。

集中在那張我仿畫的那張紙上。

「漂亮到不像第一次仿畫耶。」

「真令人驚訝。」

「嗯，雖然畫得這麼漂亮讓我嚇了一跳，但是她的集中力也很驚人，畢竟完全沒有反應嘛。」

她們紛紛開始評論起我的仿畫。

「沒想到小艾莉姆居然有這種才能……！」

小林同學說的「才能」兩個字讓我全身一震。

要是我真的有才能的話該有多好。

但是，仿畫只是模仿。就算模仿再怎麼出色，也沒有任何意義。

「……這只是我很擅長觀察而已，如果要我什麼都不看直接畫，就很難辦到了。」

「那可未必喔？」

岬學姊不知道從哪裡拿出了色彩鮮豔的纖細人偶。

是出自某部漫畫的角色嗎？外表非常可愛。

「這是什麼？」

「是可動模型喔，讓它擺出想要的姿勢，再以此為基礎作畫。」

「是用來代替素描人偶的嗎？」

「沒錯沒錯，畢竟這個比較可愛，這個社團也受了這孩子許多關照。」

我算是知道人偶的用處了，但是不明白學姊拿它出來的用意。

「……這件事和它到底有什麼關係呢？」

「等一下喔。」

岬學姊先是反覆轉動手腳調整動作，最終讓它固定在某個姿勢，這應該是坐在椅子上的姿勢吧。雖然實際上人偶並非坐在椅子而是學姊的鉛筆盒上，但動作沒有差別。

「用這個姿勢畫《迷宮》的主角試試看。」

「咦，可是……」

「拜託妳。」

在岬學姊認真的眼神驅使下，我再度握住了鉛筆。在學姊遞過來的第二張紙上，拚命地描繪擺出指定姿勢的主角。

與先前不同，明顯被人盯著看的感覺使我非常難為情。

但在不知不覺間，我開始覺得用鉛筆畫圖很有趣。

我維持著這份喜悅，在不久後完成了畫作。

畫完之後，我才發現自己無法辨認好壞，這張圖看起來究竟如何呢？

「怎、怎麼樣……？」

因為沒有任何人開口，我主動提出詢問。

接著，有人嘆了口氣，這是代表很差勁嗎？

因為不是仿畫，會有這個結果也很正常。

果然，我沒有才能……

「真的，畫得很棒呢。」

聽到這句話令我忍不住抬起頭來，眼前的四個人正驚訝不已地看著我畫的圖。與其說是驚訝，或許比較接近佩服。

想到有人佩服自己畫的圖，就覺得非常害羞，但既然她們這麼想也沒辦法。

「畫得比一直在畫的我還要好看，讓人很受打擊耶……」

「天生的才能再加上技術與知識，我想一定能更加開花結果，不如乾脆也一起加入美術社吧？」

「這個……要是太往美術社那邊靠會很令人傷腦筋呢，讓她自己決定吧。」

「小艾莉姆真的是個很厲害的人呢～！」

小林同學終於趁勢抱了上來。

因為聽到的都是些難以置信的內容讓我十分動搖，只能任由小林同學緊緊抱著自己。

對此我並未感到害羞，而是困擾地不知該如何是好。

「……不、不必說場面話喔？」

「我的語氣像那樣嗎？」

「不、不像……」

正因為聽起來不像，我才會感到動搖。

畢竟怎麼可能會發生這種事呢？

「雖然對於之前沒在看漫畫的小艾莉姆而言，這件事或許不值得高興……」

「沒那回事，我非常開心。」

我打從心底這麼想。

因為與其說能畫出漂亮的圖，可以得到周遭大家的稱讚更令我高興。

對至今從未受到正面稱讚的我而言，像這樣被人用閃爍著光芒的眼神稱讚，這經驗實在非常寶貴。

我怎麼可能不開心呢。

「如果是這樣就太好了。」

想要得到更多稱讚，我的內心萌生了這種慾望。

「另外，我喜歡漫研，所以不會加入美術社。」

因為我覺得只能在這裡得到滿足，於是這麼主張。

「這樣就好了嗎？」

「是的。因為這個緣故，我希望能夠了解關於這種圖的事情，拜託妳們了。」

接著，我低下頭。

「把頭抬起來啦，就算不這麼認真拜託，我也會盡量教妳喔。」

「嗯嗯，畢竟如果可以，我也想看小艾莉姆畫的漫畫嘛。」

「我畫的……漫畫……」

這句話對我而言聽起來十分美妙。

如果畫得出來，我想試試看。

我很自然地這麼思考著。

○

在那之後，我在漫研除了閱讀漫畫之外，同時也開始畫圖。

因為畫圖很開心，我幾乎每天都會過去。經過學姊們指導畫圖方式後，我也開始產生了自己或許畫得很好的感覺。

而且，我越畫越覺得自己融入了漫研。

由於對這點感到開心，便更加專注在繪畫上……形成了這種循環。

「其實要是用電繪板就能更加輕鬆自在地畫圖，但這個社團沒有這種預算呢……」

「畢竟模型也是個人物品嘛。」
「是這樣嗎？」
還以為是用社費購買的，看來似乎不是。
「沒錯，因為沒在大賽上留下成績，所以幾乎沒有得到預算。」
這麼說來，這裡似乎沒什麼能在大賽等公開場合出場的機會。
那麼只要無法幫學校做宣傳，自然不會有社費。
話雖如此，因為出現在公開場合會讓父母發現，所以這也是能讓我放心的理由。
「小艾莉姆家裡有能用的平板嗎？」
「應該是有，但我想應該不會允許我用在這裡。」
「哦哦，果然很嚴格呢……」
嚴格過頭了吧，我在心中喃喃自語地說。
「即使自己花錢購買，我想家裡應該也會確認用途。」
「真辛苦耶……」
「但既然用紙筆就能畫得這麼好，我認為繼續發展這項優點比較好。」
「或許是這樣沒錯。」
「無論是什麼形式，小艾莉姆一定都能畫出漂亮的圖啦！」

小林同學一邊這麼說，一邊從後方抱了上來。

我以不會弄亂髮型的力道撫摸著小林同學的頭。

被人抱住很難為情——

我現在已經沒了那種想法，實在很不可思議。

這是我已經對小林同學的肢體接觸習以為常後，某一天發生的事。

正值整間學校差不多該致力於校慶的準備而充滿活力的時期。

因為那天之前已經事先通知大家集合，所以就算來到社團也沒人看漫畫，而是圍坐在桌子前面。

岬學姊站在大家的視線中央。

「今天有件事要告知大家。」

因為事先知道這是一件非常少見的事，使我的腦中因為猜測浮現了大量的問號。

……難不成是社團解散？

怎麼會，不可能吧。

如果是這樣，我會非常困擾。

畢竟我還有很多漫畫想看，也還想繼續畫圖……

最重要的是不想放棄在這裡得到的交流，想再次找到這麼舒適的地方肯定非常困難。

我忍不住緊握雙手，注視著即將開口的學姊。

「關於校慶用來分發的宣傳手冊封面，今年將由漫研來畫！」

面對岬學姊與我的預想大相逕庭的宣言，我和小林同學以外的兩位學姊都相當吃驚。

我對她們吃驚的模樣感到訝異。

既然會這麼驚訝……就代表原本不是由漫研負責吧。要是去年也是由漫研來畫，她們應該不會這麼吃驚才對。

「為、為什麼這件事會交給我們來負責啊……？」

「因為我主動去拜託了學生會長啊。」

「為什麼要做這種事！」

「因為我想把小艾莉姆的圖刊在宣傳手冊的封面上嘛。」

「咦？」

話題突然轉到自己身上令我大吃一驚。

大家的視線也瞬間集中到我身上。

把我的圖刊在封面上？

雖然我認為這是一件非常值得高興的事，卻同時也覺得非常可怕。

我畫的圖不僅會展示在全校師生面前，附近居民與其他學校的人應該也會看到，而我的父母也一定……

要是在這裡的活動被發現，我一定會被強迫退社吧。

這麼一來，這個社團搞不好會按照當初的預定解散也說不定。

我的腦中充滿了不好的預感。

這使我無意識地抱住自己的肩膀。

雖然不知道我的想法，但或許覺得擔心，學姊來到身旁默默地握住了我的手。

「當然，我們也會和平時一樣提供幫助。」

這時，我才終於發現也必須留意作品的完成度。這可是校慶的宣傳手冊，拿出半吊子的東西只會讓人感到失望吧。

明知如此，為什麼還要讓最近才剛開始畫圖的我來畫呢？

如果由我來選擇社團成員的話，我會選已經畫了好幾年的學姊們。

學姊究竟為什麼會挑上我呢？

「這是因為我想讓大家也知道小艾莉姆插畫的魅力啊。」

岬學姊似乎發現我的疑惑，即使我什麼都沒說也針對「為什麼」做出了回答。

學姊的眼神是認真的。正因為這樣，我才會退縮。

「那、那樣的話，您不是說過會製作社刊嗎……？」

「社刊當然會做，不過這跟那是兩回事。只要放在宣傳手冊上，不就能讓很多人看到了嗎？」

我變得無路可逃了。

學姊說得沒錯，社刊只要沒來擺放的地方就看不到，但若是宣傳手冊的話，全校學生和所有的參展群眾都看得到。從規模差異來看可說是小巫見大巫吧。

岬學姊充滿熱情地繼續說道：

「我認為小艾莉姆畫的圖一定也跟校慶十分相襯，畢竟看起來像在閃閃發光嘛。」

「閃閃發光……」

「我啊，想在小艾莉姆插畫的魅力上賭一把。」

被說到這種地步，我也只能沉默不語。

不知道自己當下該怎麼回答才好。

只覺得非常困惑。

「我不會勉強妳，但希望妳能考慮一下。」

「那應該很困難吧？畢竟都說已經去拜託學生會長了……」

鏑木學姊輕聲地這麼說。

我也想過這件事。

既然說是主動要求的，應該不能拒絕吧……

「要是小艾莉姆沒辦法，就交給會畫圖的兩個人來畫吧。」

對著鏑木學姊，岬學姊這麼說道。

鏑木學姊露出有點像困惑又像生氣的表情，不過似乎敗給了岬學姊的視線。雖然嘴上嘆氣，但還是點了點頭。

「……到時候就交給我們吧。」

「好！一言既出駟馬難追喔！」

學姊們起鬨的聲音，聽起來有些遙遠。

校慶宣傳手冊的封面。

那個由我來畫真的好嗎？

還有，我真的能畫出值得成為封面的圖嗎？

因為不安，我將雙手緊握到可能會受傷的程度。

此時，我突然對自己的想法感到訝異。

我正在擔心以自己現今實力完成的作品可能會端不上檯面。

這簡直就是把自己要畫封面當作前提不是嗎？

我對畫封面這件事沒有絲毫猶豫嗎……？

不，肯定有的。我加入這個社團的事，絕對不能讓父母發現。
要避免像這種會被他們發現的行為……
一定要避免才行。
明明是這樣，可是為什麼——
為什麼我的內心會如此激動？
又為什麼會開始思考怎樣的圖比較適合校慶呢？
「不。」
答案很簡單。
「請交給我來畫。」
因為我想測試自己的才能。
岬學姊也說過，想在我插畫的魅力上賭一把。
或許我的圖只會在社團內得到好評也說不定。
就算是這樣，那也表示這才能僅只於此而已。
自己大概會覺得很懊悔，但那並不代表我失去了在這裡的交流，既然如此，努力試試看也許不錯。
聽到我的話，岬學姊的表情變得明亮了起來。

「我就知道妳會這麼說！」

她們三位都露出了開心的表情。

這個社團的大家肯定都對我有所期待吧。

光是這樣就讓我非常高興。

至於父母，只能祈禱他們不會看宣傳手冊了。

至少我下定決心，絕對不會把手冊拿回家裡。

○

接下來就是一段漫研所有成員到處收集資料的時期。

像找出我們學校以前分發的宣傳手冊來分析製作方向，或是用網路調查其他學校是怎麼製作的。

我們學校的宣傳手冊至今每年似乎都是由執行委員會的人繪製，上面通常畫著華麗的背景、校慶的主題以及學校名稱。

其中偶爾也會出現類似美術社的圖畫，但數量並不多。

可能是因為也兼任執行委員，所以沒辦法撥出那麼多時間來畫。

相較之下在網路上找到的手冊大多是畫插圖，上面清楚地繪製了拿著筆或樂器的學生，很有校慶的感覺。

「話說回來，印象中我們學校校慶的主角，是管樂社對吧？」

「對啊，畢竟有留下顯眼成績的社團，就是管樂社嘛。」

「……就算這樣，要是連宣傳手冊都強調管樂社，其他社團應該會來抱怨吧……」

我不希望自己畫的圖，對其他人造成傷害。

「雖然我覺得不必想得這麼複雜……不過因為樂器很難畫，用其他社團當主軸也可以吧？」

「可是，文藝社團原則上都不太起眼，所以很不好畫吧～」

「說好不提那個的。」

因為大家發出笑聲，於是我也跟著笑了，不過我同意文藝社團很難畫得漂亮這件事。

好困難。

可是，好開心。

我懷著兩種相反的情緒拿起了筆。

◆後天性病弱少女的觀察 二

該怎麼說呢……

總覺得最近在學校裡擦身而過的學生們，無論哪個年級都顯露出一種興奮的感覺。

會這樣也很正常，畢竟校慶就在眼前了。

但這是一段令我非常憂鬱的時間。

會這樣也是因為本該全班一起準備的展示攤位，現在產生了小對立。我們原本不是個會有人這麼殺氣騰騰的班級，這大概也能當作大家都很興奮的證明……也說不定。

雖然對我而言非常困擾就是了。

起對立的主要是班上的中心人物……也就是所謂的陽光開朗型的人們。

就算同樣是陽光男女，對校慶的態度也有落差，因此才會產生對立。

這件事我在提議校慶展出項目時就已經隱約察覺到了，所以並不覺得訝異。不過，我沒想到會演變成足以稱作對立的情況。

根據他們的說法，好像是因為某個陽光男女團體在負責外出購物時，跑去玩後才回來，導致對立惡化。

似乎是因為被發現標有購物那天日期的大頭貼才露了餡。

我在覺得這樣不太好的同時，也想到最後一次拍大頭貼是什麼時候呢。國中時代，正確來說是在排球社歌頌青春的時候我也經常去拍，當時真令人懷念……

不過，應該是愉快象徵的大頭貼變成了這件事的導火線。

因為這個緣故，整間教室都飄盪著劍拔弩張的緊張氛圍。

甚至到了無論我想多平靜地進行作業都難以如願的程度。

話說，要是不懂得察言觀色，總覺得那些陽光男女們會把矛頭轉到我身上。

我不覺得自己有辦法在與班級中心人物們為敵的教室裡好好呼吸……

因此，雖然我本身沒什麼幹勁，但仍為了不被發現這件事而認真地進行作業。壓抑著想快點回家的心情，直到離校時間為止都在處理著繁瑣的事務。

因為差不多要做最後收尾了，放學後的離校時間也比以往來得更長。

不過，外面天色還很亮。

都收拾完了，快點回家吧。

「小露，辛苦了！」

在其他地方進行作業的相澤同學朝我跑過來。

田中同學也理所當然地跟在她的後面。

「辛苦了。」

因為她們也正準備回家，於是我們邊離開教室邊聊了起來。

「姑且不論相澤同學，沒想到田中同學也留到這麼晚耶。」

「不，老實說我很懶呢。」

幾乎每個班級大概都是留到現在吧。

明明已經放學，現在卻宛如午休時間一樣吵雜。

但可能會被豎著耳朵的人聽到，為了不讓這件事發生，她放低音量這麼說道。

果然是這樣啊。既然如此，她為什麼要留下來呢？

「但是啊，還是比前一天住在學校要好多啦。」

「還、還會住校嗎……？」

聽見這句恐怖的發言，我明明不覺得冷卻開始渾身發抖。

「老哥他們那屆好像是這樣。因為是幾年前的事，所以我記得很清楚。」

雖然得到了她有哥哥這項新情報，但對我而言，還是可能會在學校留宿這件事比較有衝擊性。

要是在班上發生對立的這個情況下住校，搞不好會引起戰爭吧……

為了不受到牽連，我想盡量避免這件事。

「……為了不發生這種事，好好加油吧。」

「當然。」

「咦～！我想住校試試看耶。」

「要住妳自己住。」

「呀！」

田中同學漂亮地往相澤同學的額頭彈了一下。因為聲音十分響亮，大家都看了過來，但很快地又把目光移回自己的事情上。

大家應該都在用校慶當藉口與人交流吧。

雖然我也得到了與平時不會交談的人說話的機會，但也只有說話。

我並未變得更加積極。

因為那些性格開朗的人總是有許多肢體接觸。

我不想再次感到疼痛。而且要是因為這樣蹺掉本來就聽不太懂的課程，考試的時候會陷入瓶頸。

唯獨這件事絕對要避免。

話雖如此，我也不知道該如何與個性陰沉的人交談，這讓我再次體認到與人交流有多困難。

「這麼說來，妳看過今天發下來的宣傳手冊封面了嗎？」

……見到相澤同學就算被彈額頭依然繼續開口的模樣，讓我有點尊敬。該說她雖然有些冒失的部分，但內心很堅強嗎？

而我的內心……或許已經一塌糊塗了。

不，比起這個，宣傳手冊的封面怎麼了嗎？

「宣傳手冊的封面？」

是寫了什麼特別的事嗎？

我只記得上面的插圖很漂亮。

「這個好像是艾莉姆同學畫的喔。」

她說出的名字讓我大吃一驚，艾莉姆是指那個艾莉姆？

那個艾莉姆能畫出這麼漂亮的插圖嗎？

原以為她家是個連漫畫都不准看的嚴格家庭耶……

「咦，艾莉姆指的是那位千金小姐……？」

因為覺得不敢相信，我忍不住反問。

畢竟也有可能是我聽錯了。

「嗯，妳看。」

我接過相澤同學遞過來的宣傳手冊。

戰戰兢兢地看了看，發現封面右下角確實寫著艾莉姆的名字。

除此之外，也寫著漫畫研究社成員。

她是什麼時候加入社團的呢……？

最近從旁觀看也能發現她總是與特定幾個人待在一起，搞不好是跟社團活動有關也說不定，想到這裡就覺得能接受了。

不過，還是不知道她為什麼要加入漫畫研究社。

這是她用自己的方式思考之後得出的「沒做過的事」嗎？

如果是這樣的話還真果斷。另外，能夠畫出足以拿來當成校慶封面的插圖也很厲害。

我再次往封面一看，上面畫著許多人開心地製作班級展示攤位模型的模樣。

「真厲害……艾莉姆也是像這樣在社團成員的幫助下作畫的嗎？」

真是美麗的插圖，不僅閃耀著光輝，其中還充滿了對校慶的期待。

艾莉姆她居然能畫出這麼棒的插圖……

「很厲害對吧～」

「老哥那時候上面只有無聊的文字，果然加上圖片比較好呢。」

接下來的一段時間內，我一直注視著艾莉姆畫的圖。一旦知道作者是自己身邊的人就覺得更厲害了，這到底是為什麼呢，真是不可思議。

○

展出攤位的準備工作結束，終於到了校慶舉行的日子。

班上陽光男女們的對立，也因為受到準備工作即將結束的極亢奮情緒影響而解決了。

雖然我對這種解決方式抱持疑問，但總比對立繼續惡化要好得多。

除此之外，也很感謝那些情緒激動的陽光男女們接下監視校慶展示攤位的工作。

這並不是我想到處參觀校慶，而是覺得自己根本沒辦法好好說明展示內容的緣故。知道不必這麼做之後，我安心地鬆了口氣。

雖然也能去圖書館之類的地方發呆，但因為受到相澤同學她們的邀請，我決定去參觀其他班級的攤位。

畢竟也很在意有哪些內容被展出。

而且體育館似乎有學生會主辦的各種活動，我也想去看一看。

我盡量避免與他人接觸並穿越走廊。

手上的宣傳手冊已經變成類似盾牌的用途，因為覺得對封面過意不去，於是我將封底擋在前面。

無論哪個攤位都充滿幹勁，讓人重新見識到平時看似不起眼的文藝社團的厲害之處。雖然他們的活動並不像運動社團那樣引人注目，但可以從作品中感覺到一種……栩栩如生的魄力之類的！

實際上，現在就有其他學校的人目不轉睛地看著展示作品。

雖然我的感想只有好厲害，但在她們心中一定留下了除此之外的某種事物吧。無論是展示方，還是觀看者，毫無疑問都很厲害。

話說回來，這間學校的管樂社活動好像很熱烈。

我曾經在入學典禮上看過，真的很厲害。

他們等等好像會在體育館進行演奏，如果也能去看就好了……

「啊，前面的教室有漫畫研究社的攤位！我說！我們去看看吧！」

「嗯、嗯，走吧……！」

對相澤同學的提議，我雖感到訝異但也點了頭。

說得也是，應該也有社團本身的展示攤位才對。

既然叫做漫畫研究社，那麼是展示漫畫嗎？

艾莉姆會畫出怎樣的漫畫呢……！

我懷著期待的心情穿過走廊，總覺得越走人潮就變得越多。一開始還以為可能是錯覺，但在人潮擁擠到無法並肩行走時化為了確信。

可是為什麼？印象中前面應該沒有那麼吸引人的展示攤位……

「哇，好多人！」

我抱著這種想法來到擺放漫畫研究社展示品的教室之後，才明白人數變多的原因。

因為大家都在看漫畫研究社的展示作品。

大概是放置的小冊子數量太少，想看的人排成了一列。

隊伍由一名老師進行整理，他一定是顧問老師吧。

老師臉上掛著和藹的笑容，但面對擾亂隊伍的人時魄力十分驚人。

拜此所賜，隊伍排得很整齊。

此外，小冊子是由包含艾莉姆在內的幾個人管理。

她們一定是漫畫研究社的成員吧，在社團介紹的時候好像有看過。

我還記得當初曾經有些心動地認為如果能看漫畫，加入也不錯，但因為介紹的內容太過深奧，覺得自己不適合而作罷。

話說回來……

「好厲害。」

我還是第一次見到艾莉姆發出那種笑聲。

不僅如此，我甚至無法想像。

原來她會那樣笑啊。

那純真無邪的笑容，令我不禁愣住了。

「每本漫畫都很有趣耶！」

「不拿去參加漫畫比賽嗎？」

「我會付錢支持的！」

類似這樣的稱讚大多集中在艾莉姆身上，那當然會露出這種笑容嘛。畢竟自己製作的東西得到了讚賞。

但被稱讚的只有艾莉姆，這樣不會被其他成員忌妒嗎……

雖然對此感到擔心，但似乎沒有這個必要。

社團的每個成員都開心地露出了笑容。

簡直就像為孩子的成長感到開心的家長似的……

因為很有趣，我輕輕地笑了。

能感覺到身邊的兩人正不解地看著我。

「怎麼了？」

「沒事……好像差不多輪到我們看了，妳先過去吧。」

「可以嗎？」

「沒關係啦，田中同學呢？」

「我排最後就行了。」

「我知道了！那我先去看囉！」

相澤同學拿起沒人在看的小冊子開始閱讀，總覺得或許從她的反應就能看出內容，我將目光從她身上移開。

話雖如此，也不能一直盯著艾莉姆看，於是我把頭轉到恰好能用眼角瞄到她的位置。

「差不多該過去了吧？」

「啊，嗯。那我先過去囉。」

我在田中同學的催促下走到小冊子旁，而艾莉姆就在這裡。

「午安，非常感謝您今天來參觀漫畫研究社的攤位，閱讀小冊子時，有幾件事情想請您留意……」

她臉上雖然掛著笑容，但其中隱藏著質問我「為什麼要過來」這種類似憤怒的感情。

我也因此感到困惑與不知該如何是好。雖然因為在意而來了一趟，但真的來到她本人面前卻不曉得該怎麼開口。

能輕鬆地說些封面插圖很漂亮之類的話嗎？

不不，既然其他人也都積極地開口稱讚，那麼我應該也能這麼做才對。

「封面的插圖非常漂亮喔。」

當艾莉姆說明完注意事項之後，我這麼開口說道。

「因為覺得很在意才過來的……這樣不好嗎？」

「……不會，知道妳不是來取笑我這點很令人高興。」

這麼說著的她臉頰有些泛紅。還以為她因為一直被稱讚所以早就習慣了，看來沒那回事嗎？

「是說我如果打算來取笑妳，才不會排這麼長的隊呢。」

「說得也是，確實呢。」

即使手上拿著小冊子，我仍然向她問個不停。

「艾莉姆的小冊子裡畫了什麼，漫畫？還是和封面一樣的插畫？」

「我畫了漫畫。」

「原本就有在畫嗎？」

「怎麼可能，我最近才開始畫。」

「這樣不就更厲害了嗎？」

「究竟厲不厲害，請妳看完再下定論。而且和我的作品比起來，學姊們的作品可是更厲害喔！」

「好、好啦……」

面對以她而言充滿感情的話語，我不禁有點退縮。

再這樣下去感覺她也不會再回答什麼，於是我老實地看起小冊子。

小冊子裡描繪了三個故事。

因為都是短篇故事，我想不用花多少時間就能看完。

不過，每個故事都非常有趣，連對漫畫不太了解的我來看，都無一不讓人覺得像職業漫畫家的作品一樣厲害。

「真是非常有趣。」

我從小冊子上抬起頭，對眼前的艾莉姆這麼說。

「謝謝。」

「艾莉姆妳平時就在想這種事嗎？」

作品本身感覺就像戀愛漫畫的開頭一樣。

所以我認為她或許對這種場景有所憧憬也說不定……會是這樣嗎？

「怎麼可能……」

有些害羞的她搶走了我手上的小冊子。

由於還有其他人在排隊，這也是沒辦法的事。話雖如此，因為我還想再看一次，所以有些遺憾。

「明天也會展示嗎？」

艾莉姆瞬間顯得有些吃驚，但立刻又恢復了平時的表情。

「妳還打算過來嗎？」

「不可以嗎？」

她很罕見地思索到發出呻吟聲。

正當我打算對她說「要是這麼煩惱的話就算了」時，艾莉姆先開了口：

「……也不是、不行啦。」

「是嗎！那我還會過來光顧的，明天見囉。」

「好的。」

當我打算離開的時候，艾莉姆先朝我揮了揮手。

這讓我非常開心，我也用力地揮起手來，簡直像個小孩子一樣。

「露露，要是這麼用力揮手的話會撞到其他人喔……？」

「咦、啊。」

對了，這裡不是在屋頂上啊！

當我發現周圍到處都是人的時候，已經太遲了。

自己稍微撞到了不認識的人。

「對、對不起！」

在歉疚與害羞的影響下，我不顧相澤同學她們的制止衝出教室。

明明一直都很小心的，卻還是撞到了人！

和往常一樣，手開始感覺麻麻的，還有點痛！

啊～真是的！

我絕對不會再揮手回禮了！

這是校慶的準備工作即將收尾時發生的事。

我收到了大量的稱讚。

自從畫完封面的插畫後，漫研的大家就不停地誇獎我。

「好厲害！簡直就像動畫的校慶裡會出現的手冊封面的畫耶！」

「嗯，很有氣質，感覺不錯呢。」

「我果然沒有看錯人！」

由於大家異口同聲地稱讚個不停，讓我有點不好意思。因為她們都是發自內心地這麼說，使我無法與她們對上視線，實在非常難為情。

「這、這都是因為有大家的幫忙喔。」

事實就是如此。大家不但幫忙收集資料，還逐一對插畫提供建議，才剛開始畫圖的我能夠完成這張插畫，都是多虧了大家的協助。

「雖然有幫忙，但實際上做事的還是小艾莉姆妳啊。」

「說得沒錯，辛苦妳了！」

但是，大家卻說這是因為我的努力而完成的。

這讓我覺得既開心又害羞，內心萌生出難以言喻的感情。

幾乎不曾體驗過的情緒使我內心動搖著。

再加上前去提交作品時，學生會的眾人也讚不絕口。

「好厲害～！」

「畫得比想像中還要好，這樣的話，宣傳手冊或許會產生比歷年更高的價值呢。」

「謝、謝謝各位。」

我只是呆愣著站在學姊身旁。我的作品被認可，並且能夠刊登在封面上，讓人開心得不得了。

同時，我也大大地鬆了口氣，因為我明白了自己的作品正如岬學姊所說，是很有魅力的。

接著不久之後，宣傳手冊發給了全校學生。見到完成的宣傳手冊，我覺得相當感動。

我的插畫真的被當作了封面，當然不可能有感動之外的想法。

另外，我也得到了班上同學的稱讚，連平時沒講過話的同學也誇讚我，使我重新認識到插畫是能被任何人接納的。

「艾莉姆同學能畫出這種圖呢……」

級任老師也提到了插畫的事，看來我會畫這樣的圖似乎讓他非常意外，他從頭到尾都顯露出很吃驚的表情。

說個祕密，因為老師的表情很有趣，我與最近走得很近的小林同學兩人在漫研教室裡大笑了一番。

○

之後，到了校慶當天。

在社團教室裡我也得到了來自許多人的誇獎，即使感到困惑，還是心懷感激地收下這些讚美。

那時的我從客觀的角度來看，應該高興得十分明顯吧……

更令人驚訝的，是露露居然出現在漫研擺攤的教室。

她不僅稱讚了封面，還說明天也會來閱讀小冊子。如果她真的這麼喜歡，那實在令人非常開心。

當我帶著開心的心情回家時，母親早已等候多時。

以前也發生過類似的事，但這次更能感覺到她對我的憤怒。

這是為什麼呢？

難不成是我的活動被發現了嗎……？

「我、我回來了。」

雖然並非沒有做好覺悟，但說話還是因為害怕而斷斷續續的。

「歡迎回來，等妳好久了。妳應該知道我要講什麼吧？」

因為知道要是隨便開口，一但猜錯只會火上加油，所以我一句話都沒說。

而對方大概也發現了這件事，傻眼般的嘆了口氣。

接著像不耐煩似的開始說道：

「艾蕾娜去了妳們學校的校慶，拿到了這個手冊。」

艾蕾娜去了我們學校……！

沒想到會因為這種事情被發現。

不，這是有可能的。

在挑選高中時，離家近也是一項重要指標。

為了得到更多資料，就算來參加校慶也不奇怪。

不如說，是沒想到這方面的我太大意了。

應該是因為最近遇到太多好事，導致我自然地沒有去思考發生壞事的可能性。

這時候自己必須想點辦法才行。

當我這麼想的時候，母親嘴上依舊抱怨個不停。

因為和平時講的話差不多，所以我都當作耳邊風，但是其中一段卻很自然地傳進了我的耳裡。

「是說，這麼幼稚的圖真的是妳畫的嗎？該不會只是被漫畫研究社那種低俗的社團用來代言吧……」

「才不是！」

我反射性地大聲說出口。

由於自己從未這麼大聲否定母親說的話，我反而比母親更加吃驚。

但是母親說的話讓我感到前所未有的憤怒。

低俗的社團活動？

代言？

她怎麼會冒出這種想法！

到底是誰比較低俗啊？

學姊還比較對我有所期待。

明明什麼都不知道……！

「要輕視我是無所謂，不過，可以請您別看不起學姊們嗎？」

腦中雖然浮現許多謾罵，但我並未說出口。

再怎麼說母親都是我的監護人，我很清楚跟她作對沒有勝算。

因此我非常冷靜地做出回答。

「……妳不是想著保護自己，而是想著包庇學姊呢。」

而母親臉上憤怒的情緒頓時消失。

變得完全面無表情。

「……那又怎麼樣呢？」

「我已經明白妳澈底沾染了世俗的價值觀。」

那彷彿毫無感情的口吻，使我雙肩不禁顫抖。

我還是第一次聽見母親這麼冷淡的語氣。

就算受過許多比這還要過分的待遇，現在的狀況仍然讓我感到害怕。

「隨便妳吧。不過，要是惹出麻煩或是成績下降，我可不會放過妳喔。」

母親靜靜地拋下這麼一句之後便慢慢轉身離開。

心臟猛跳的聲音響個不停。

我用力握著拳頭，回過神來才發現手掌變得紅通通的。

感覺有點痛。

得快點回房間冷靜一下……

我一邊走在通往房間的走廊上，一邊思考著接下來的事。

母親說了隨便我。

明明我應該心滿意足地保持這樣就行了的想法，但不知為何，心中那份「這樣真的好嗎？」的疑惑卻難以抹滅。

我一直有想要畫畫的想法。

就算挨了母親的罵，這點也不會改變。

但是，心中卻有一股難以釋懷的感覺。

「……哎呀？」

回到房間後，發現艾蕾娜正站在門口。

真是稀奇。

因為上學時間相同，白天時我總會見到艾蕾娜，不過好像很久沒看到她穿便服了。

她找我究竟有什麼事呢？

「艾蕾娜？」

出聲搭話後，她朝我轉過身來，雙手合十並開口道歉。

「對不起！」

「妳、妳是在為什麼事情道歉呢？」

我因為對她為何道歉毫無頭緒而感到困惑。

沒有事情比沒來由的道歉更令人感到害怕了。

「都是因為我……把宣傳手冊交出去……還以為姊姊加入社團有得到母親大人的允許……」

「啊……」

原來是這件事啊。

我認為這不該怪艾蕾娜。

因為就算知道可能會被發現，卻還是這麼做的人是我。

「……既然正大光明地擔任在手冊上畫插圖的人，就算被認為得到了允許也不奇怪，妳不需要道歉。」

「可、可是，如果被退社的話……」

「……母親說可以隨便我。」

艾蕾娜聞言瞬間瞪大了眼睛。

我不明白她為何這麼吃驚。

「因此我打算繼續社團活動，請不必擔心。」

我的語氣就像沒想到放棄這個念頭般消極。

但一聽到我這麼說，艾蕾娜的表情頓時從驚訝轉為笑容。

「太好了……」

她彷彿由衷感到安心似的吐了口氣。

……為什麼艾蕾娜會感到安心呢？

接著她像察覺了我的想法般對著這邊笑著說道：

「我非常喜歡那張插圖。」

「咦？」

沒想到艾蕾娜會說出這麼直接的讚美，讓我嚇了一跳。

這應該不是客套話，而是她的真心話吧。

她這樣不帶憐憫的讚賞我，或許還是頭一次聽到。

不……說是第一次可能有點過頭了也說不定。

「所以要是能繼續畫下去的話，我會很高興，我會默默支持的！」

「謝、謝謝……」

「今天應該很累了，請好好休息，之後見吧！」
「晚安……」
我一直看著妹妹離去的身影直到消失為止。
而我內心那股「這樣真的好嗎？」的想法已經消失無蹤。
這樣就行了。
擁有的才能數量與種類，我的確比不過艾蕾娜。
不過最在意這件事的人，正是我自己。
已經不再需要繼續想這件事了。
我想要繼續畫能讓人說出喜歡的插畫。
為了這個目的，我想學習更多各種事情。
再多跟學姊們請教吧，得好好加油呢。
我的內心充滿了決心以及至今得到的讚賞。
其中已經不存在雙親的陰影。
我第一次覺得做自己真好。

◆後天性病弱少女的下一步

總覺得，最近娜娜和艾莉姆使用私帳的次數又更少了……

搭乘早晨電車的我一邊瀏覽著私帳的動態，一邊想著這件事。

之前明明每次登入都會看到娜娜的貼文，但最近一天能看到一次就算多了。

雖然她還是會發些附帶照片的貼文，但頻率卻不如以前。另外，暴露身體的情況也少了許多。

對此感到惋惜的留言很多，這點讓我有點卻步倒是記憶猶新……

而艾莉姆的貼文雖然原本就很少見到，但有種更少上線的感覺。最後一次見到她獨有的，充滿對雙親怨恨的文章，究竟是多久之前了呢……

不過，這一切大概只是我的錯覺。

只是私帳的動態總是不斷更新因而錯過了也說不定。

又或許只是單純最近很少遇到，過一陣子又會增加。

儘管如此，就像只剩自己被留在私帳世界般，令我很不安。

畢竟最近看到她們時，身邊總是有其他人。

臉上的笑容十分燦爛，簡直就像不需要私帳一樣……

在我來看就是那樣。

至少過去那種跟一般人有所不同的氛圍已經消失了。

雖然她們的個性都很獨特，該說融入了普通女高中生嗎？

這幾個月以來，究竟發生了什麼事呢？

艾莉姆甚至展現出了不得了的才能。

之前透過求愛性少女症候群打成一片的她們，現在已經變得和其他人沒什麼不同。

感覺她們成了對我來說遙不可及的存在……

如果沒有特別的理由，想跟她們搭話應該非常困難。

兩人的變化就是如此驚人。

我有什麼地方改變了嗎？

每天來學校上課，午休時間與相澤同學她們待在一起，回家後在私帳上抒發自己當天的不滿。

手或肩膀偶爾一跟人接觸，身體就會感到疼痛。

體育課兩人一組的時候，在觸碰之前就會覺得身體不適。

這樣的日子不斷重複。

沒有任何改變。

正因如此，才會產生被拋下的感覺吧。

想要更有所改變，可是卻不知道該怎麼做才好。

就算有想做的事，也因為害怕其他人的視線而無法踏出第一步。

難不成我會一直這樣下去嗎？這樣也很恐怖。

都是些可怕的事情，讓我想就這麼逃走。

明明這麼想著，卻連該逃去哪裡也沒有頭緒……

就在這時，電車關門的聲音傳了過來。

看來似乎因為想得太投入，發呆了一陣子。

已經差不多快到了才對。

得振作點才行。

要是連在學校都擺出這麼陰沉的表情真的會被人疏遠的，我才不要那樣。

……這麼說來，跟我穿著同樣制服，直到剛剛都在眼前的那些人去哪裡了呢？

電車再次啟動，車內廣播起了接下來將停靠的站名。

那是我本來應該下車那一站的下一站。

我驚訝地往窗外一看，眼前確實是我平時下車的地方。
電車瞬間駛離了車站。
咦？咦？咦？
我的大腦一片空白。
怎、怎麼辦？雖然我曾經在去了學校後蹺過一堂課，但從來沒有主動不去學校這個選項，應該說，我連想都沒想過。
因為有的課程不去上就搞不懂、還有的課程沒考到小考就會被出一大堆作業……！更何況，要是先被聯絡家長的話真的很多方面都會完蛋啊……！
慘了，該怎麼辦，完蛋了。
該不會……還必須寫悔過書之類的吧……？
我本來就不擅長寫作文了，還要寫悔過書，我絕對做不到，完蛋了。
得回去才行……！
雖然這麼想，我卻沒辦法在下一站下車。
與其說沒辦法，不如說身體動彈不得也許比較正確。
事到如今再去學校感覺也很討厭。
因為我開始有了這種想法。

遲到的時候……記得好像要去教職員室，在遲到單上寫下自己遲到了吧？

應該是這樣，印象中之前好像誰抱怨過類似的事。

教職員室本來就很難進入，還要在做錯事之後進去，光想就覺得提不起勁。

更何況要走進教室也需要勇氣，進去的瞬間肯定會受到矚目。

搞不好會傳出奇怪的猜測也說不定，一想到可能會被人說閒話，就算待在教室肯定也靜不下心來。

那麼，就這樣不回學校也可以吧……？

想到這裡，原本宛如被緊緊握住的心臟變得稍微輕鬆了點。

不知不覺間緊握著的手掌也像安心了似的鬆開來。

今天就直接別回學校了吧……

雖然可能會被罵，不對，雖然絕對會被罵，但總之先什麼都別想。如果不這麼做，感覺會喘不過氣來。

畢竟，我不是故意的。

只是在想事情的時候電車不知不覺地到了站，而我沒發現這件事而已。

沒錯，所以錯不在我身上……

當我在腦中不斷重複著不知道說給誰聽的理由時，車內響起了抵達終點站的廣播。無論如何都必須下車的我如同被推出去似的離開了電車。
並像順著人潮流動般離開了車站。
原本就不多的零用錢因為坐到這裡的票錢變得更少，考慮到還有回程，能用的錢並不多呢……
我只能看著正在前往學校或上班的人潮，呆站著。
怎麼辦……
到了這時候，我才覺得穿著制服令人難為情。
這麼正大光明主張自己在蹺課真的好嗎？
不太好吧？
要是被通知學校，鐵定非常不妙吧……
果然，早點在哪個車站折返回去就好了。
事到如今，我腦中才閃過後悔的念頭。
為什麼我做的事全都這麼不順利呢？
難不成我真的被詛咒了嗎？
但就在這時候，我的眼前出現了身穿制服的人。
原以為是錯覺，但仔細一看的確沒錯。雖然不記得那是哪間學校的制服了……總而言之，我見到兩名穿著制服的女學生走進了與車站相鄰的商業大樓，兩人的裙襬開心似的飄揚著。

……蹺課的人或許意外地多也說不定。

這麼說來也是，我們學校遲到的人也很多，甚至還有幾乎不來上學的人。

蹺課大概並不是一件稀奇的事。

想到這裡，心情輕鬆了不少。

就算這麼說，我也沒辦法擺出理直氣壯的態度。畢竟被人從制服看出身分而通知學校的可能性，也沒有完全消失嘛……

總而言之，盡量別太顯眼吧。

我抱著這種想法，在車站附近漫無目的地走著。

因為是沒來過的車站，並不清楚附近有什麼。

我也應該像剛剛那兩人一樣走進商業大樓嗎？不過那裡看起來很大，有點擔心會不會迷路……

就在這時，一輛粉紅色的車出現在眼前。

那個是……餐車？

總覺得好像在哪見過，這是為什麼呢？

明明應該好一陣子沒看過餐車了。

「啊……！」

由於在意而走近一看，我才知道既視感的由來。

那是最近在社群網站上很多人討論的可麗餅餐車。

沒想到會在這裡遇到。

即使是平日上午，對面也有許多女性在排隊。

這時正好有一群剛拿到可麗餅的女性經過我面前。

她們手上拿的是有點大份的可麗餅。

光是看一眼就覺得既漂亮又好吃，雖然看照片也這麼覺得，不過實物果然又是不同水準。

好想吃吃看。

手邊應該還剩下吃得起一份可麗餅的錢才對……我連忙確認錢包，發現扣掉車票錢之後還剩下一千塊。

有一千圓應該能買到吧？應該可以吧……？

餐車旁的招牌上寫著八百圓幾個字，這樣的話算上稅金也不成問題。

雖然菜單上可能也有比較貴的品項，等特地跑一趟的時候再點就行了吧。

好……！

沒其他事情做的我排到了隊伍的最後面。

我一邊觀看店員遞過來的菜單，一邊思考要點什麼。

話說回來，店員不假思索地給了我菜單耶，代表蹺課這件事其實並不罕見嗎？還是因為不想跟麻煩事扯上關係才無視了呢？

究竟是怎麼回事呢？不知道正確答案，真令人困擾。

雖然腦袋一片混亂，但在看到菜單後就覺得一切都無所謂了。菜單上都是非常漂亮的可麗餅，雖然約半數超過了一千塊，但另一半則是我也買得起的，有得選真令人開心。

要選哪個好呢……

要是能吃到這麼漂亮的可麗餅，電車坐過站或許也不錯。餐車能偶然在今天這時候停在這裡真是太好了。當我正煩惱該選哪個的時候，腦中逐漸有了這種想法。

當選項剩下三個左右時，我決定從社群網站的評價來挑選而打開了手機。

接著，才發現收到了幾條訊息。

是什麼時候傳過來的呢，我完全沒發現。

『小露！妳怎麼沒來學校呢？似乎也沒有通知，發生了什麼事嗎？沒事吧？』

『雖然老師說妳應該是蹺課了，但小露妳至今都沒有連學校也不來吧？該不會是被捲進什麼事件裡了吧？我很擔心。』

『什麼都可以，麻煩回個訊息吧！』

確認之後，發現是相澤同學關心的聯絡。

從這個情況來看，她大概非常擔心吧。

因為今天的狀況被老師說中了，要是她太操心的話我也很困擾……不過，她的主張也沒有錯。要是站在同樣的立場，我應該也會一樣擔心吧。

……一定會的，大概吧。

我煩惱起該回覆什麼。雖然可以直接回她一句「沒事的」，但那樣一來就會提到為什麼沒去學校的事吧。

我的自尊不允許自己老實說出忘了下車。

話雖如此，說感冒也明顯是在說謊……

「隊伍前進了喔。」

身後有人這麼對我說，一看之下才發現已經和前面的人拉開了相當大的距離。

「對、對不起！」

我趕緊縮短距離，雖然對方說了沒關係，我依然對於自己沒注意周遭情況的這件事感到害羞。

跑到前面排好隊之後，我不小心將暫且打在聊天欄的『沒事的』直接傳了出去。雖然我連忙打算修改，但由於實際上真的沒事，也不知道該如何修正。

正當我煩惱著該怎麼辦的時候，訊息馬上被標上已讀，並有好幾張「太好了」的貼圖回傳了過來。

……咦？現在不是正在上課嗎？

難不成一板一眼的相澤同學在上課中用手機？

她擔心到這種地步啊……

說實話，被擔心到這種程度讓人覺得很沉重。

因為就是這樣嘛。她應該也很清楚，就算學校允許學生帶手機，一旦被發現在上課中使用，肯定會被罵。

得知她擔心到不惜冒著這種風險，令我覺得十分抱歉。

但是這並不代表我不開心。她為我擔心這件事，毫無疑問地讓我感到高興。

感到抱歉和感到開心的情感同時浮現……而感到抱歉的想法稍微勝出。

要是陷入相同狀況，我沒有自己會盯著手機看的自信，畢竟被罵很可怕嘛。

……我非常討厭這麼膽小的自己。她這麼關心我，我明明覺得必須好好回應她才對。

『謝謝妳這麼擔心我，我不要緊，好好上課吧。』

內心湧現出鬱悶情感的我，在對相澤同學發出這句訊息後便關閉了聊天程式。
接著，打開社群網站的私帳，上面一如往常地出現了滿是煩惱的私帳。
看著充滿這些內容的動態，我鬆了口氣。
不過，上面也有些不知道從哪來的情報與詭異的照片。
啊啊，總覺得腦袋開始混亂了起來。自從電車坐過站之後，就一直有種自己在作夢的感覺，或許是我內心這麼希望也說不定。
但願我醒來之後發現自己躺在床上，並想著必須趕快去上學。
可是這一切都是現實，而且我還正打算去吃可麗餅。
一口氣被拉回現實的我，就算吃了可麗餅也未必能好好品嘗味道。明明付了以高中生吃的甜點來說算貴的金額，要是吃不出味道的話總覺得很難過，該怎麼辦才好呢？
就算心中這麼想，我的手依然不停地滑著動態。滑到依時間排序的最上面的貼文時，可麗餅幾個字突然映入了我的眼簾。抱著也許只是滿腦子都是這個詞彙導致產生錯覺的想法點開一看，發現上面的確寫著可麗餅這幾個字，而且，還上傳了看似從正面拍攝粉紅色餐車的照片……
『等待可麗餅中，快輪到我了！』
這不就是我正在排的餐車照片嗎？

從貼文來看，好像是正在排隊的人上傳的。

如果她正在排隊，就算擦身而過也不奇怪吧。

究竟會是誰呢？

由於她並未使用大頭照，而是用可愛的角色當作頭像，想藉此認出她來應該是不可能的。就算認出來了也不能做什麼……

不過，這個人的許多貼文我都深有同感。

也有想過，要是能與她聊天就好了。

但這是件困難的事情。

隊伍排得很長，換句話說就是人很多。想要從中找出連外貌特徵都不知道的人實在太魯莽了，況且這樣找人感覺像個跟蹤狂，我既不想這麼做，也不想被人這麼做。

我暫時將手機設為待機並往前一看，因為隊伍又前進了一些，於是便向前拉近距離。

就在這時，我看見了前面那個人的手機畫面。因為對方的手機尺寸很大，也會發生這種事吧。我抱持著這種想法，試圖忘記看到的內容。

但是，想忘也忘不掉。

因為上面顯示著足以證明是剛剛那個帳號本人的畫面。

「請、請問……」

我因為過於動搖而說出的話，她似乎聽得一清二楚。

她回頭朝我看了過來。

「嗯？」

並且用充滿親和力的視線注視著我。

「請問、這個人……」

我指著自己手機的畫面。

畫面上顯示著剛剛的貼文。

「難道說是妳嗎？」

事後想想，我也不明白自己為何想確認對方是否就是本人。做出這種事就算被當作怪人無視，或是把人家嚇到慘叫也不奇怪吧。

沒處理好，肯定會引起比蹺課更大的騷動。

「沒錯喔。」

即使如此，眼前的她卻面帶笑容地這麼回答我。

那燦爛的笑容令我不禁感到有點頭暈目眩。

為什麼她能夠露出這種笑容呢？

明明發了許多跟我想法相似的貼文……

不，印象中最近這種貼文好像變少了吧？我也不太清楚。

無法澈底斷言……

「啊，謝謝～」

眼前的她絲毫不在意愣在原地的我，伸手接過點好的可麗餅。

啊，接下來輪到我了……？

「妳知道對面有餐桌嗎？」

她停下腳步，用沒拿著可麗餅的手指著餐車的對面。那裡排放著幾張桌子，不少人都坐在那裡享用可麗餅。

「我會坐在空位上等妳，稍微聊一下吧。」

「嗯、嗯……」

受到當下的氣氛影響，我跟著點了點頭。

並注視著她颯爽離去的身影。

倒不如說，主動搭話的我反而感到慌張才莫名其妙吧……

「下一位客人請點餐！」

當我還在不知所措時，輪到我點餐了。

這麼說來我只是挑出了其中三項，還沒決定好要選哪個。

不妙，後面排了很多人，必須立刻決定才行。
內心越覺得不妙，腦袋就越是轉不過來。
「請、請給我這個期間限定口味……」
因為想著要趕快決定，於是選了第一眼看到的檸檬巧克力口味。
畢竟價格勉強負擔得起，期間限定這幾個字也很吸引人。
我坐立不安地等著可麗餅做好。拿到成品後，我在感動之餘小心翼翼地拿著可麗餅避免它掉落，並急忙離開櫃台，前往她所在的桌子。
「來了來了！這邊這邊！」
雖然有點擔心她在不在，不過聽到聲音後鬆了口氣。
看來她也只有一個人。要是有其他人在會讓我產生疏離感，我對此感到放心。
「啊！我幫妳拿可麗餅吧？」
「謝、謝謝妳……」
因為她朝我伸出手，我便將可麗餅交給她。
接著，我在同桌的另一張椅子上坐下，從她手中接過可麗餅。
仔細一看，可麗餅似乎正自然地散發著光芒，是醬汁在發光嗎？還是怎麼回事呢？
總之想先拍張照片當作紀念，畢竟是期間限定口味嘛。

「那個啊……」

「嗯？」

「我可以拍個照嗎？」

「當然當然！這是上相的東西，不拍太可惜了嘛！」

這麼說完後，她繼續吃起可麗餅。

她已經拍完照了嗎？

畢竟她連餐車都拍了，一定已經拍好了吧。

我拿出手機打算拍攝可麗餅，但這並不容易。

除了單手拍攝的影響之外，也因為日照強烈的關係使得畫面過度曝光，看起來一點都不好吃。

我本來就不擅長拍照了，感覺手也在發抖，或許今天不是個拍照的好日子。

我覺得這可能就是蹺課出來吃可麗餅的懲罰吧。既然懲罰只有這點程度，我便收起手機放棄拍照。

由於和平時不同並不會感到疼痛，所以我覺得還是別拍了比較好。

「妳不拍嗎？」

看到我把手機放在桌上，她這麼說道。

「因為拍不好，所以覺得算了……」

「如果不介意，我傳自己拍的照片給妳吧？畢竟好像點了一樣的口味。」

她將手機畫面上拍好的照片拿給我看，明明拍的是同樣的東西，看起來卻完全不同。外表閃閃發光，與放在菜單上的照片很像。

但是，有種這種照片必須自己拍才行的感覺，該說是拍攝自己吃的東西很重要嗎……簡單來說，就是我內心那詭異的自尊不肯接受。

我嘴上一邊說沒事一邊搖了搖頭。雖然她因為我的這副模樣露出感到不可思議的表情，但也只是說了「這樣啊」，便將智慧型手機螢幕朝下地放在桌上。

我帶著期待咬了可麗餅一口，打算找回剛才的好心情。檸檬的風味與巧克力的甜味頓時在嘴裡擴散開來……

「那個……」

「嗯？」

「妳覺得這個味道怎麼樣……？」

因為覺得自己的味覺可能有問題，我試著詢問她的意見。

接著她將椅子拉到我身邊，悄悄地在我耳邊說：

「不太好吃……」

「對、對啊……」

由於味道和期待中不同，我感到非常失望。

要處罰的話讓我拍不了好照片就夠了，沒必要讓可麗餅變難吃啊。

本來心想不要浪費食物必須全部吃掉，但每當那微妙的味道在口中化開就讓我覺得更討厭了。

真的不管做什麼都會失敗，究竟是為什麼呢……

「不過，一直都在菜單上的巧克力香蕉口味很好吃喔？」

「是這樣嗎？」

「是啊，所以下次再來吃吃看吧。」

我一邊點頭同意，一邊繼續吃起可麗餅。

雖然醬汁的味道微妙，但餅皮很好吃。

正如她所說，如果換成巧克力香蕉肯定能津津有味地全部吃完吧，或者該說，巧克力香蕉要做得難吃還比較難……？

我們臉上都掛著微妙的表情，總算把可麗餅吃完了。

只留下有著漂亮花紋，變得皺巴巴的包裝紙。

等嘴裡的味道終於散去後，我轉頭看向她。

看著我望向她的臉，她露出了有點委婉的笑容。

「下次過來的時候，我想還是別穿制服比較好喔。」

「這是……」

她不經意的這句話，頓時令我啞口無言。

她說得沒錯。

就算沒人指出這點，但任誰肯定都會覺得不可思議。

「嗯……」

因此我也只能點頭。

「我可以問一下妳今天為什麼穿制服嗎？」

「妳問為什麼……」

因為錯過了應該下車的車站才會出現在這裡。

這是我不太想對其他人說的事。

像這種連自己都覺得很蠢的事，其他人怎麼可能不這麼想。

明明是自己主動開啟話題的，卻沒辦法好好的編織話語。該說是語塞呢，還是不知道該說什麼才好呢……

就算是同樣情況，如果是跟娜娜的話一定能好好交談，這究竟是為什麼呢？

「不必勉強說出來也沒關係喔，因為我第一次來買可麗餅時，也是穿著制服。」
「咦……？」
這句意料之外的話讓我嚇了一跳。
沒想到居然有與我相同遭遇的人。
果然會對她的貼文產生共鳴，代表我們有地方很相似吧。
「雖然我家就在這附近，但那天我提不起勁上學。就在逛社群網站逛到快要遲到的時候，發現這邊有可麗餅店要來的情報。於是我心想『這下非去不可啦！』就穿著制服假裝去上學跑來這裡囉。」
「真、真有行動力……」
雖然她只是笑笑地說著好像沒什麼大不了的事，但這就代表她寧願蹺課也要以吃可麗餅的意願為重。
就算再怎麼不想去上學我也不覺得自己做得出這種事，對此我很率直地感到佩服。
「對吧？我也這麼覺得。」
「……那時餐車也停在那裡嗎？」
不對，我想問的不是這件事。
「是啊，因為這附近有座位，我想大概是考慮到這點才停在那裡的。」

「原來如此……」

因為這並非我想問的，所以無法繼續問下去。

畢竟餐車會來這裡的理由，除此之外也想不到別的了……

沉默再次造訪。剛剛因為在吃可麗餅才不覺得尷尬，但無所事事的現在非常地尷尬。

雖然她毫無動靜……但既然問不了什麼，我也該早點回去車站。雖然這次沒能吃到滿意的可麗餅，但我也幾乎沒零用錢所以沒什麼事好做了。

已經沒有留在這裡的理由，只能回去了。

姑且不論她願不願意回答我的問題，既然早已知道了她的帳號，回去後再問應該也可以。

為什麼會覺得無論如何都得現在問出來才行呢？

我的心中有股難以理解的情緒正在發酵，要是就這樣直接回去，總覺得我一定會後悔。我已經不想再做出錯誤的選擇了。

「……不想去學校的理由是什麼呢？」

所以我決定一鼓作氣向她提問，雖然問得太衝動讓我破音了，但是，這種小事根本不重要。

要是在意這件事，我覺得自己可能再也聽不進任何話語。

明明好不容易鼓起勇氣提問，這樣未免太沒意義了。
面前不知道我內心糾葛的她，臉上浮現如同娜娜般的笑容。
「啊，妳真要問這件事啊？」
那是個早就知道會被這麼詢問的笑容，感覺有點壞心眼。
「該怎麼辦呢～」
「咦……」
照現在的氣氛，她大概不會回答我。
這麼一來我會很困擾，因此我再說了一次「告訴我吧」。
「可是妳也沒告訴我為什麼穿制服耶……？」
但是她卻這麼說。
「啊。」
她說得確實沒錯，我完全沒考慮到至今為止的對談。
自己明明沒回應她的問題，卻要求她回答自己，這樣或許很任性。
當我這麼想的時候，從擠出勇氣這件令人難為情的事情中，有股情緒油然而生，令我感到不適。
雖然自己的膚淺才最讓我難受就是了……

「不、不要擺出這麼不妙的表情嘛！」

「我沒事……」

不妙的表情是什麼樣子呢……

身旁的她靠過來關心我。

我的表情有這麼糟糕嗎……？

「沒事吧！妳有茶嗎？」

「我有……」

我拿出從家裡帶來的水壺喝了口茶。

本來殘留著奶油與醬汁味道的嘴巴因為喝了茶而變得清爽。光是這麼做，就讓難受的感覺減輕了不少。

搞不好奶油過多就是讓我覺得口味微妙的原因……

嗯～答案究竟是什麼呢？

果然搞不太懂。

「沒想到妳會擺出那種表情……果然我還是沒什麼改變呢……」

看到我冷靜下來之後，她嘆了口氣。

直到剛才為止表情看起來十分開朗的她突然變得陰沉，這讓我非常吃驚。

她也會露出這麼陰沉的表情啊……

不，我對她的陰沉表情本身並未感到驚訝，不如說這模樣才符合我當初看見她帳號時腦中浮現的形象。

而且，她那副模樣也讓我有某種安心的感覺。

「我之所以會不想去上學，是因為染上了求愛性少女症候群喔。」

「症候群嗎？」

「嗯，我的症候群會讓碰到的人身體不舒服。」

「是這樣啊……」

與我的症狀剛好相反呢。

原來也有這種症狀啊，我點了點頭繼續聽下去。

「雖然我本來朋友就不算多，但大家都因為這個緣故離我而去……使我產生了疑問：『明明幾乎不會有人跟我說話了，還有去上學的意義嗎？』」

「……那還真難受呢。」

光是想像就知道她的狀況肯定很難受，但也無法得出這之外的感想。

雖然我因此只能說些常見的客套話，她卻回了一句「謝謝妳」。

接著，她繼續說了下去。

「所以我當時才沒去學校，一時衝動來到這裡……排隊時滿腦子都是『我怎麼會穿著制服跑過來啊！』的想法。如果只是普通地出門就算了，但既然在排可麗餅的話就沒辦法找藉口，總覺得這樣很討厭……」

因為我也有一樣的想法，所以非常能體會。

「雖然有想過直接回家，但回去也只會被罵所以一直沒辦法這麼做。於是遠遠看了一陣子後……發現這件事的可麗餅店員主動向我搭了話。」

「是這樣啊，真厲害呢……！」

「嗯，是啊。」

要是我也像她一樣站了一陣子，店員也會來找我搭話嗎？

事到如今也沒辦法確認了，但從她說的話來看應該是有可能的。

「而且也沒過問制服的事，沒錯吧？」

「嗯，是這樣沒錯。」

「雖然對方應該是打著我搞不好會上門光顧的算盤才這麼做的……但即使如此，我認為能一視同仁地對待我的人，對當時的我來說是相當寶貴的。」

一視同仁啊。

「……原來如此。」

在各方面都缺乏情報的狀況下對方還願意過來搭話，的確會讓人這麼想呢。

「所以我今天也是蹺課過來的。」

「咦！」

此時她終於向我露出了和先前相同的笑容。

「因為我很在意在後面穿著制服的妳，所以妳願意主動找我說話真是太好了。只是我沒想到妳是我的追隨者啊。」

她滔滔不絕地繼續說道：

「因為在高中畢業之前學校與家裡就是生活的一切所以很難體會……但總有一天會沒事的！加油吧！我也會努力的！」

雖然她的說法很曖昧，但我也自然地產生了同樣的想法。

這是為什麼呢……？

或許我是被跟我有著相似的感性，卻仍然願意努力的她所打動了吧。

「我也會加油的，總之想先從回家和父母道歉開始。」

「這不是最難熬的一關嗎，不過我會幫妳加油的！」

「謝謝妳……那麼，下次見。」

雖然不知道會不會再見面，但我懷著這樣比較好的想法這麼開口。

大概沒料到我會講這種話，她先是驚訝地瞪大眼睛，隨後露出了笑容。

「嗯！再見！」

彷彿被她嘹亮的聲音推了一把，我往車站走去準備回家。

○

雖然我說過要加油，但其實回家道歉這件事令我非常害怕。

事情該不會變得很嚴重了吧……？

不不，因為級任老師覺得我只是蹺課，所以應該沒通知家裡，希望沒問題。

回到家後，只有媽媽的鞋子在玄關。

可能還是上午的緣故吧，印象中她說過今天是下午之後才要上班。

弟弟和爸爸則理所當然地不在家。

「我回來了。」

媽媽正坐在客廳的沙發上看書。

「妳回來啦。今天真早呢，是早退嗎？」

「那個……不是這樣。」

如果就這樣說是早退有違我「要加油」的決心，於是我否定了她。
但要老實地說出來太過困難，我沉默了一陣子。
「對不起……我因為忘了下車，直接坐到了終點站。」
我無法忍受這沉默的感覺，終究還是開了口。
「是嗎。」
媽媽沒有再多說什麼。
原以為會被罵，但她看起來不打算這麼做。
不僅如此，總覺得她的表情變得更溫和了，這是為什麼呢？
我實在搞不懂媽媽的想法。
「終點站有什麼？」
「……可麗餅店。」
「妳吃了嗎？」
「吃了。」
「好吃嗎？」
「不太好吃，不過其他口味似乎很好吃。」
「是嗎，那麼下次全家一起去看看吧。」

這個突然的提議讓我非常吃驚，雖然覺得這樣似乎也不錯，但我立刻回過神來。

「跟家人一起去的話有點……」

在一排主要是女性的隊伍裡，有爸爸或弟弟之類的混在裡面就覺得很丟臉。

「這樣啊，那等妳想去的時候再過去吧。」

就算她這麼說，我也沒錢能過去或是買可麗餅。

抱著既然她都這麼說了或許能拿到的想法，我伸出了手。

「……妳這手是什麼意思？」

「零用錢……」

「那個等下次再說。」

現實沒那麼簡單。

但也有種這樣就行了的感覺。

如果馬上就能去總覺得不太對，還是該說要努力過後達成才有價值呢。

「嗚嗚……好～」

趁著媽媽的視線回到書本上，我走回房間。

距離下次領零用錢還有幾天呢？

在那之前可得忍住不買點心之類的呢……

真想快點吃到美味的可麗餅呢。

○

隔天，我好好地在一如往常的車站下了車。

在前一站我為了拿出幹勁甚至把手機收進後背包裡，所以離開車站的時候我重重地嘆了口氣。

明明才正要去學校，現在已經筋疲力盡了。

正因為滑手機的時間轉眼就過了，沒事可做的時間才更令人難受。

一想到還要做昨天沒考小考的作業，以及沒拿到的作業就覺得很憂鬱，會這樣也是理所當然的。

真想直接回家……

但是，不能這麼做。

要是今天也不去學校，總覺得上學這件事會變得比以往更加艱辛。

更何況我平時老是蹺掉討厭的課程，這樣就更不能不去上學了，最壞的情況搞不好會留級……高中因為蹺課留級，肯定會對生涯發展造成巨大的影響。

應該說，要是本來就很麻煩的高中生活延長的話就頭痛了。

也不知道爸媽會怎麼說。

要是直接回家，之後會變得更麻煩！

得去上學才行……！

藉由加強這個想法，我設法邁出沉重的腳步前往學校。

我走在從車站通往學校，早已走慣的路上……總覺得路途比以往更加漫長，這個感覺究竟是怎麼回事呢？是我不想上學的想法直接反應在腳步上的緣故嗎？

如果是這樣，這條路本來可能更短。雖然今天比較特別，但平時就多少覺得不太想去的緣故。

不過，這對高中生而言是很稀鬆平常的。畢竟經常聽到有人說今天不想來之類的話。

我在思索這些事的時候抵達了玄關，接著換好鞋子前往教室。

來到教室後，發現相澤同學和田中同學正待在我的座位前。

「早安！太好了！妳真的沒事！」

看到我之後，相澤同學露出了放心的笑容。

明明我昨晚睡前有回應她因為擔心而傳來的訊息，但她似乎依然不放心。

她看起來沒有黑眼圈，應該沒有睡不好吧。

要是她真的沒睡好，我肯定會產生強烈的罪惡感，沒有發生真是太好了。

「早安，正如訊息上所說，我沒事喔。」

「就算這樣我還是很擔心嘛～！」

我一邊與像要抱上來的相澤同學拉開距離，一邊用眼神向田中同學求救。

「是、是嗎，真對不起……田中同學也早安。」

「早。」

或許是察覺了我的視線，田中同學抓住相澤同學的手，把她拉到自己身邊。

雖然覺得應該不會痛，但與人接觸的行為本身還是讓我有點害怕。

我總會不由自主地聯想到之後的事……

像反射性地推開了她，因此被排擠出交友圈該怎麼辦，之類的。

「……她本來似乎想去車站，但因為在早上尖峰時段過去一定會造成別人困擾，所以我阻止了她。」

「嗯……謝謝。」

剛到車站時我也這麼想過。

畢竟是相澤同學，我有想過她該不會來車站接我吧……

就算事實上她真的想過，只要有被制止就好。

如果是在車站，或許會因為在意周遭視線而變得更想回家也說不定。

「因為她說玄關也不行，我才在這裡等喔。」

「這是當然的吧，考慮到人潮與空間大小，玄關肯定更會造成他人困擾。」

兩人就這樣開始爭論了起來。

嗯……？

總覺得有股異樣的感覺。

可能是因為覺得她們起爭執很稀奇。

明明平時田中同學都會因為嫌麻煩而退讓，這是為什麼呢？

「……總覺得今天的田中同學，比平時更強勢耶？」

聽我這麼說，田中同學停下動作。

感覺完全被我說中了，但她和相澤同學不同，表情變化不大所以看不出來。

「才沒那回事，我跟平常一樣。」

田中同學說完後，轉頭背對著我。

難不成我惹她生氣了嗎……？

「不對，就是這樣喔。因為她跟我一樣擔心小露嘛～」

「咦？」

「我明明說過不要講出來的！」

原本背對著我的田中同學瞬間轉過身來。

並直接朝相澤同學逼近。

總覺得在那個瞬間，她的表情除了憤怒之外還帶著些許羞澀。

她朝相澤同學的嘴伸出手，並左右拉開了她的嘴巴……

雖然像小學生會用的手段，但這麼做感覺很痛。

「豪通豪通！」

「聽妳這麼說，感覺一點也不像會痛。」

「很通耶！」

田中同學也很擔心我啊。

一想到這裡，驚訝與欣喜湧上心頭，但心情卻因為眼前滑稽的光景而變得難以言喻。

明明就算十分感動而感受到友情也不奇怪啊……

不過，這樣的關係對我而言一定比較輕鬆吧。

實際上確實很輕鬆。

只是，也差不多該擔心相澤同學的嘴巴了。

「田中同學，應該可以放過她了吧……？」

我這麼說完，田中同學終於放開了手，相澤同學被拉住的地方變得有點紅通通的。

「真是的！很痛耶！」

「是講出不該講的話的人不好。」

「真是的！這個害羞鬼……」

「才不是這麼一回事！」

我介入兩人之間，制止了打算再次伸手的田中同學。

「差不多要開班會了，先回座位吧？」

聽見我的提議，田中同學不情不願地停下動作。

並直接回到自己的位置上。

或許是對此感到放心，相澤同學重重地嘆了口氣。

「謝謝妳幫我阻止她。」

「不用客氣……？」

「啊，對了對了。」

原以為她也會直接走回座位，但相澤同學卻停下腳步朝我湊了過來。

「實際上，我和她都很擔心妳喔。」

悄悄地這麼對我說著。

「謝謝妳。」

「明明不必這麼擔心的」這句話，我並未說出口。

◆尾聲

第四堂課結束，來到午休時間。

換作平時應該是放鬆休息的時間，但今天可不能那麼做。

這是因為必須把該交的作業整理好拿去教職員室才行，老師說第四堂課結束之後立刻就要，代表就是現在。

這既不尋常又十分麻煩，但不拿過去又會被罵……所以必須做。

雖然好像還有人沒交給我，不過應該不用在意吧？

可是，該對總是一起吃午餐的相澤同學她們說什麼呢？

「妳們先去吧」之類的可以嗎？

話雖如此，之後與她們會合大概會很尷尬吧。

畢竟她們應該在我不在時就吃完午餐了。

兩人吃完後剩我一個獨自吃飯，總覺得會非常尷尬。

我已經想像得到當下我坐立難安的未來景象了。

雖然這麼說，我當然不想一個人在教室之類的地方吃飯。
一個人孤伶伶的，不知道會被說什麼閒話。
結果還是只能跟她們會合這點更讓我心煩意亂，走投無路了啊……
「要我幫妳一起拿過去嗎？」
當我正在胡思亂想的時候，相澤同學朝我走了過來。
感覺很擔心似的這麼說著。
似乎是我不安的表情讓她以為我在擔心自己能不能拿得過去。
雖然人數很多，不過每個人都只是一本薄薄的小冊子，我自己也拿得動。
話說，我總是一個人拿過去的，要是唯獨今天變成兩個人拿，無論怎麼想都很奇怪。
「沒問題的，我自己拿得動喔。」
因此我拒絕了她。
相澤同學雖然還是一臉擔心，但還是說了句「知道了」並點點頭。
「那麼，我先過去囉。」
她主動對我這麼說，令我鬆了口氣。
「嗯，知道了，我待會過去。」
「我們等妳喔。」

我一邊朝揮著手的相澤同學揮了揮手，一邊目送她與田中同學一起走出教室。

……當我做這些事時，有人在我桌子上的小冊子堆上面放了自己的作業，他究竟是什麼時候做完的呢，難道是課堂空檔之類的……？

如果要做這種事，在家寫完不就好了？

但是，願意交作業再好不過了，還是別去追究吧。畢竟我也不知道對方的成績與評價嘛！

我就此做出結論，拿起小冊子前往教職員室。

將作業交給剛來學校的老師之後便走了出去。

教職員室這個地方果然無論進出都會很緊張耶……要是換成兩個人，這種緊張感會不會也減半呢？

不不，再怎麼想也無濟於事吧。

我直接回到教室拿了裝有便當的袋子，便朝平時吃飯的地方走去。

在我爬上前往我們吃飯老地方那間空教室途中的樓梯時，她們兩人的聲音微微地傳了過來。

「是嗎……在不知不覺間變成那樣了啊，辛苦妳了。」

「就是說啊，真令人困擾。」

兩人的聲音有別於平時的氛圍，散發著不尋常的氣氛。
總覺得有種現在不該走進教室的想法，我在走廊上停下腳步，接著用不會被兩人發現的方式，盡量找了塊不髒的位置靠在牆上。
我非常在意她們兩個在裡面聊些什麼……
至今我從未感受過那兩人的這種氛圍。
所以更讓我想聽下去。
有可能是在說我的壞話也說不定……
如果是這樣，得好好思考今後的事了。
雖然事到如今應該也沒辦法打進其他圈子……
我對此感到不安，好奇心卻使我豎起耳朵聽著。
「之前見到他的時候，看起來不是這樣就是了。」
「因為他很擅長在外人面前裝乖，所以除了家人之外的人是看不出來的。」
擅長在外人面前裝乖？除了家人之外……？
「雖然曾經叫他讓我看學習評量，但因為知道那傢伙在家裡的模樣，讓我懷疑上面寫的是其他人耶，真是的……」
聽到這裡，我才終於明白田中同學正在講自己家人的事。

總之，還好不是在說我的壞話。

因為要是一鬆懈或許會被發現，我將差點嘆出來的那口氣嚥了回去。

雖然只要這時走進教室就行了……但我並未那麼做。

比起這個，田中同學遇到了什麼狀況也很令我在意。

因為她是個平時不太會提到自己事情的人，所以我甚至不知道她家有哪些人。既然提到了學習評量，那麼應該是在講學生，也就是兄弟姊妹的事吧。話說回來，她好像說過自己有哥哥？

搞不好就是在說那個人的事。

我用不會被發現的感覺調整呼吸，等著她繼續說下去。

「還會遇到這種事啊，有兄弟姊妹也挺麻煩的呢。」

「只是我們家那個特別煩人而已。」

「是這樣嗎？」

「連我家媽媽都說她不好多說什麼而默認了喔？哪有人這樣的？」

「可是面對這個年紀的男孩子，想用蠻力讓他聽話也不難吧？不是因為不敢這麼做，事情才會變成這樣嗎？」

「嗚。」

「想到這裡，不覺得會這樣也沒辦法嗎？」

「……雖然妳說得沒錯啦。」

田中同學居然被相澤同學說服了……！

原來也會發生這種事啊，立場與平時反過來了耶。

令人感到十分新奇。

心臟因為驚訝而跳個不停。冷靜下來啊，我的心臟。

……啊，不過要是太冷靜的話我會很困擾，記得適可而止喔。

「既然他懂得在外人面前裝乖，也就是說他自己也很清楚擺出那種態度是不對的，所以我想會那樣只是暫時性的。」

聽見這句以相澤同學來說十分認真的回答，又讓我吃了一驚。而且她說話的口氣也和平時一樣沉穩，總覺得很有說服力。

「要是那樣就好了。」

「嘴上這麼說，其實妳也相信是這樣吧？」

我想相澤同學肯定露出了微笑。

雖然看不見，不過大概能想像得到田中同學沒辦法好好回話的模樣。

「……我當然相信，畢竟他是我重要的弟弟嘛。」

聽到這裡，才終於明白她是在講弟弟的事，原來田中同學也有弟弟啊。

這麼一說，讓我產生田中同學很有姊姊風範的感覺了。雖然現在不像，但平時的她就像相澤同學的姊姊嘛。

她也是像這樣應付自己的弟弟嗎？

「說出來感覺好多了，謝謝妳。」

「別客氣！」

看來田中同學的煩惱諮詢到此告一段落。

因為結尾收得不錯，我也鬆了口氣。

不過，這樣啊。原來大家各自都有不同的煩惱啊。

這是一件理所當然，平時卻很容易忘掉的事。

平時我總覺得只有自己非常不幸，從而產生了難以忍受的孤獨感。

但像這樣實際聽見後，我才終於有所體會。

雖然大小不同，但幾乎所有人每天都會有不同的煩惱……

不光是煩惱，只是因為每個人私下懷抱的問題有所不同，所以很難察覺罷了。

田中同學一定是忍耐度比我高吧，所以我才至今都沒察覺這回事。而相澤同學也是比我更耐得住性子，我才沒有發現她也是如此。

……不過因為這段對話也許是我不能聽到的，所以現在不是應該為此感動的場合。

不不，既然已經聽見了也沒辦法。

就把這件事當成一場事故吧，嗯。

「話說回來，小露好慢喔。」

當我想到這裡時，她們突然提起我的名字，讓我肩膀抖了一下。

「應該是被老師留下來了吧？」

「或許吧。如果是這樣真讓人擔心耶……畢竟搞不好會沒時間吃午餐，我果然應該跟去才對。」

「妳沒跟去我反而覺得很不可思議。」

「說得也是……現在去還來得及嗎？」

當她們聊到這裡時，我連忙走進教室。

並假裝才剛到的樣子。

「久、久等了……」

雖然不知道裝得像不像，但還是要裝一下……！

咦，話說回來用「久等了」當作進門招呼可以嗎？

一時之間只想得到這個詞彙，但總覺得不太對……！

「啊，是小露！歡迎回來！」

「我、我回來了。」

看來「我回來了」似乎比較適合現在的情況。

「被老師留下來了嗎？總覺得妳看起來有點累。」

會有這種感覺，肯定是因為我為了不被發現而躲起來的緣故。

果然不該做自己不習慣的事。

不過，沒被發現的話正好，就當作是這麼一回事吧。

「嗯、嗯。就是這樣呢……嗯？」

這時候我忽然注意到。

她們看起來不像是吃過飯的樣子，還是說只是已經收拾好了呢？

如果是這樣，該說是環境太乾淨了嗎，也沒有聞到任何味道耶？

「好了，開始吃吧開始吃吧～」

「肚子餓了～」

兩人這麼說完後，便打開包包將便當拿了出來。

「咦？」

我比剛剛更加吃驚。

因為，這不就代表……

「難、難道說……妳們在等我嗎？」

「嗯，因為要是我們先吃了，小露不就得自己吃飯了嗎？」

「那樣一來，無論哪邊都會覺得尷尬嘛。」

「雖、雖然是這樣沒錯啦……」

就算是這樣，我也沒想到她們會等我。

換作是我，並沒有自信能等下去。

剛剛只是因為好奇心旺盛才會待在外面，要是她們在聊無聊的話題，我應該會立刻走進來吧。

所以才會覺得願意等我的兩人很了不起。

「謝謝妳們。」

「不客氣！」

我對露出笑容的相澤同學感到安心，同時也拿出了便當。

並在雙手合十地說「我開動了」之後吃了起來。

「話說回來！」

我隨意聽著相澤同學一臉開心地說出來的話，並開始思考許多事。

每天的上課內容、人際關係、考試……人們每天都有著數不清的煩惱。

但無論是活在現實中，還是社群網站上的人，每個人都是時常抱著煩惱過生活的，無論發生了什麼事，還是必須過日子。

在生活之中，或許能夠找到體會與理解和自己同樣孤獨的人也說不定。

就像之前在可麗餅店遇到的人一樣。

因為她說的話，我才會產生要稍微努力看看的想法。

要是再過去的話能見得到面嗎？

雖然我們的確透過私帳有所聯繫，但我們也只在那時正經地聊過天，我也有點想跟她多聊一會。

但因為那裡有點遠，或許很困難吧。

即使如此，我實在很想吃看看那台餐車販售的美味可麗餅呢……之後調查看看餐車會不會開來這附近吧。

等零用錢寬裕一點後，再去那裡一趟也可以。

「小露也這麼覺得吧？」

「咦？啊，抱歉！我沒聽見。」

我在心裡自言自語，對很照顧我的兩人的話語當成耳邊風的自己說了句「不乖」。

後記

初次見面的讀者初次見面。

好久不見的讀者也好久不見，我是城崎。

非常感謝各位閱讀《VENOM 2》。接下來才準備要看的讀者也請多多指教。

因為這是我第一次撰寫只有一頁的後記，有種達成成就的感覺。

相反的，超過兩頁的後記總是不知道該寫些什麼，那可能會變成無法解鎖的成就。不過嘛，這世上無法解鎖的成就反而比較多，所以感覺不必那麼悲觀也沒關係……雖然這麼寫，要是之後本人寫了兩頁以上的後記，請取笑我吧。

那麼接下來是謝詞。

我要向責任編輯M、かいりきベア老師、のう老師，以及與這本書相關的所有人士獻上發自內心的感謝，真的非常謝謝各位。

那麼，如果有機會的話就再見嘍。

國家圖書館出版品預行編目資料

VENOM求愛性少女症候群/城崎作；かいりきベア原作；九十九夜譯. -- 初版. -- 臺北市：臺灣角川股份有限公司, 2022.10
　冊；　公分. -- (Kadokawa fantastic novels)

譯自：ベノム：求愛性少女症候群
ISBN 978-626-321-882-6(第2冊：平裝)

861.57　　111013241

Kadokawa Fantastic Novels

VENOM 求愛性少女症候群 2

（原著名：ベノム2 求愛性少女症候群）

2022年10月17日　初版第1刷發行
2023年10月16日　初版第2刷發行

作　者：城崎
插　畫：のう
原作／監修：かいりきベア
譯　者：九十九夜

發行人：岩崎剛人
總編輯：蔡佩芬
編　輯：楊芫青
美術設計：吳佳昫
印　務：李明修（主任）、張加恩（主任）、張凱棋

發行所：台灣角川股份有限公司
地　址：104台北市中山區松江路223號3樓
電　話：（02）2515-3000
傳　真：（02）2515-0033
網　址：www.kadokawa.com.tw
劃撥帳戶：台灣角川股份有限公司
劃撥帳號：19487412
法律顧問：有澤法律事務所
製　版：尚騰印刷事業有限公司
ＩＳＢＮ：978-626-321-882-6